独立記念日

原田マハ

PHP
文芸文庫

○本表紙デザイン＋ロゴ＝川上成夫

独立記念日　目次

今日が私の、独立記念日。

川向こうの駅まで

嫌いな言葉のひとつに、境界線、っていうのがある。

「国境なき医師団」なんていうけれど、わざわざ「国境なき」と謳《うた》わなければならないほどに、きっと境界線というのは人間にとって普通に存在するものなんだろう。

私にとって、それははっきりと目に見えるものだった。大きな川、というかたちで。

午前七時五十分発、T川のほとりにあるN駅から急行に乗って、私は都心にある勤め先まで通っている。

いつもぎりぎりに家を出るから、どんなにぱんぱんに膨《ふく》れ上がっている車両であっても突撃するしかない。微妙な痴漢行為なんて日常茶飯事《さはんじ》だし、財布をスラれたこともある。夏は汗でベトベトのおっさんの腕が引っつくのをかわすために神経を尖《とが》らせ、冬は着膨れコートに挟まれて内臓破裂の危機と闘いながらの通勤だ。帰りの電車も同様で、おっさんの加齢臭や焼肉臭やアルコール臭をひたすら耐える。N駅に着いたとたん、どっとホームに吐き出される乗客の一群にまじって改札口へ向かう。不思議なもので、電車に乗っているときは、もう限界だ、耐えられない、と隣のおっさんに殺意すら抱くくせに、ひとたびホームに出てしまえば、けろりと忘れて歩き出す。たぶん、ほとんどの乗客が私と同様の気分の浮沈を毎日味わっているのだろう。

たかが片道三十分のがまんなんだ。

その三十分を耐え抜きさえすれば、川向こうの駅に戻らなくて済む。

どうにかして越えてきた境界線。もう、戻りたくはなかった。

だから私は今日も早起きして、ひとり分の朝食を作り、そのおかずの残りを弁当箱に詰め、大急ぎでメイクしてバッグを引っつかみ、アパートを出る。そして一目散に駅へと駆けていく。父の住む町から七つ目、大きな川を越えてひとつ目にある駅へ。

初めてN駅に降り立ったとき、空気の質まで違うような気がした。

当時、私が父と暮らしていたK市のM駅から、各駅停車で十三分。そう遠く離れているわけじゃないのに、何もかもが違っていた。しゃれた街並み、ハナミズキの街路樹、落ち着いたデザインのショッピングセンター。何より道行く人の雰囲気が違う。ベビーカーを押して歩く若いお母さんたちが着ているTシャツも、ブランドロゴがあからさまに書かれていないだけにいっそ高級感がある。雑誌などで「N町マダム」と呼ばれている彼女たちとすれ違うたびに、自分が着ている量販店で買ったTシャツがとてつもなく疎《うと》ましく感じられた。

私は駅の周辺にあるいくつかの不動産屋の店先を見て回った。ワンルームの物件に絞って見ていたが、N駅近辺の賃料の高さに息をのんだ。覚悟をしてきたつもりだったが、すぐにくじけそうになる。

だめだめ、ここであきらめちゃ。引っ越すって決めたんだから。

勇気を振り絞って入口のドアを押す。

「いらっしゃいませ。お部屋をお探しですか」

私と同年代くらいの女性が、カウンターの向こうからにっこりと声をかける。うちの近所の不動産屋には、ねずみ色の事務机の前にふてぶてしいおっさんがでんと鎮座していたが、この町では不動産屋までこうも違うのか、と感嘆する。私はすぐに心安くなって、あれこれ自分の希望をぶつけてみた。１ＤＫで、新築で、南向きで、二階以上で、窓から川が見える部屋。

『八木橋《やぎはし》』とネームプレートを胸につけた女性は、にこにこと愛想《あいそ》よく私の要望に耳を傾けていたが、全部聴き終わると、

「ちょうどいい物件がありますよ。しかも最近人気のデザイナーズマンションで」

すぐさまファイルを取り出した。私は色めき立ったが、値段を見て肩を落とした。

一カ月の賃料十八万円。さらに、敷金礼金手数料一カ月分の賃料、合わせて六カ月分を事前に納めなければならない。

「いや、これはムリです。全然、無理」

「賃料のご予算はいかほどですか」

「八万が限界で……可能であれば六万、くらいで」

笑顔の状態を見事に変えずに、八木橋さんは別のファイルをカウンターの上に広げた。

「ちょうどよかった。いい物件がありますよ」

私は再び色めき立った。カウンターの上に身を乗り出してファイルを覗《のぞ》きこむ。

「ハッピーコーポ　K市M町」とある。私は落胆を隠せなかった。

「いや、これ……いま私が住んでる町なんですけど」

笑《え》みをぴったりと張りつけたような八木橋さんの顔が、あら、という表情になった。

「じゃ、ご近所で探されては？」

「え？　それは、どういう……」

「だって、そのご予算でご希望の物件はこのあたりでは無理ですよ。M町にならいくらでもあります」

「はあ……」

「T川を越えて、こっちと向こうじゃ賃料の設定が倍、違うんですよ」

私は絶句した。

「まあ、川向こうはK市でこっちは東京都S区。人気のエリアですからね。女性誌の『東京の住みたい町ベストテン』の三位にランクされてますから。たったひと駅で、お値段がぜーんぜん違うんですよ」

あきらめろ、と諭《さと》す口調は、うちの近所の不動産屋とあまり変わらないんじゃないかと思われた。

「いやあの、駅近でなくてもいいんです。駅から徒歩十分とかでも」

「無理ですね」

「じゃ、隣の駅は？　川向こうじゃなくて、こっち側のもうひとつ先……」

「もっと無理です」

絶対的な自信で私を拒《こば》む八木橋さんが、とっかかりのない絶壁のように、はかない希望の前に立ちはだかった。私はむきになった。

「それでも私、越えたいんです。あの川を」

アマゾン川に挑戦する開高健《かいこうたけし》ばりのセリフに、八木橋さんは一瞬、固まった。言ってしまった私のほうは、ただちに赤面した。

「わかりました。保証はできかねますが、万が一掘り出し物の物件が出たとき、ご連絡しますね。ご住所とお名前とご連絡先、いただけますか」

断崖《だんがい》絶壁に釘《ハーケン》を一本打ったつもりで、私は連絡先を残し、不動産屋を後にした。

その釘が、効いた。

三週間後、八木橋さんから電話があった。超格安物件が出たという。ただし、三年間の期限付きで。

『川、越えられますね。お役に立ててよかったです』

八木橋さんは楽しそうに言った。もしも目の前に彼女がいたら、その場で抱きついてしまっていただろう。

二十八歳にして生まれて初めてのひとり暮らしのアパートは、N駅から徒歩（ただしかなり早足で）二十分、築二十五年、かろうじて風呂トイレ付きのキワモノ物件だった。確かに南向きではあるが、窓を開けると隣家のトイレの窓が目前に迫っている。川は見えなかった。さすがにそこまでは、と八木橋さんは苦笑していた。

「なんだこりゃ。うちのお前の部屋と変わらんじゃないか」

引っ越し当日、荷物を運び入れながらの父の第一声は、けっこうグサリときた。

「全然違うよ。お風呂もトイレも流し台もついてるし。あたし専用の」

「あれ、風呂場のドアが引き戸だ。しかも磨《す》りガラス。外から見えちゃうよ」

軽トラックを運転してきてくれたうちの工場で働くケンちゃんが、建てつけの悪い風呂場の戸をガタガタいわせる。

「平気だよ。人がいるときにお風呂に入るわけじゃないし」

「え、ほんとに？　怪しいなあ。じゃ、なんでわざわざ引っ越したんだあ」

父に後ろからどつかれて、ケンちゃんはようやく静かになった。ひと通り荷物を運びこむと、買ったばかりの小さなテーブルを囲んで、ペットボトルのお茶を飲みながらひと息ついた。ケンちゃんがタバコを買いに出ていった隙《すき》に、私は父に言った。

「お父さん。ほんとにうちのこと、大丈夫？」

　父はいぶかしそうな顔になる。

「なんだよ。うちのことって」

「だから、掃除とか洗濯とか、ご飯とか」

「何言ってんだ。お前、もともとなんにもやらなかったじゃないか。全部健一《けんいち》がやってくれてたからよかったけど。あいつ、あれで嫁さんもらうの遅れたらお前のせいだぞ」

　いや、もうとっくに遅れてる。ケンちゃんはたしか今年三十五歳だ。父の経営する小さな町工場の五人の従業員の中ではもっとも若いが、唯一の非妻帯者だ。五年まえ、母が亡くなってからはわが家の家事まで面倒みてくれている。私を嫁にしたいとか、そういうヨコシマなことは間違っても口にしない、本当にたよれるアニキだった。

　父の工場は大手カメラメーカーの孫請けをしている。私は父の仕事を疎んだことはないが、生まれた町と工場の雰囲気は、年頃になってからは敬遠したいものになっていた。

　何年かに一度、カメラメーカーは下請け工場関連の紹介者の中から一、二名の新入社員を採用している。幸運なことに、私はその「お慈悲」を受けたのだ。人もうらやむ大企業の総務部のＯＬになって、私は目の前が突然拓《ひら》けた気分になった。同期の女子社員たちは、三十一パターン以上の通勤服コーデを巧みに操り、合コンや社内の部活動に励んでいた。私も追いつこうと必死になった。

　自宅住所で肩身の狭い思いをしたのは、入社まもなくの飲み会だった。「Ｋ市Ｍ町」と聞くと、部内でもお嬢様で有名な女子が、実にあっけらかんと言った。

「あ、知ってるよ。生まれてから一度も行ったことないけど」

　彼女のアドレスはＳ区Ｎ町。その中でも、お屋敷街で有名な場所だった。入社してすぐに気づいたのだが、彼女やほかの育ちのいい女子と私のあいだには不思議に越えられない境界線があった。

「川向こうの町に住みたーい。お母さん、お父さんを説得してよお」

　体調を崩して入院した母に、病院でこっそり泣きついたことがある。すぐさまおでこをぺちん、と叩《たた》かれてしまった。

「くだらないこと言ってないで、ちょっとは家事手伝いなさいよ。ケンちゃんがご飯炊《た》いてるって言うじゃないの、まったく」

「だってえ。合コンが忙しくって……」

　またぺちん、とやられた。私は半べそをかいた。

その半年後に、母はもっと大きな川を渡って、ひとりぼっちで逝《い》ってしまった。

「いいところっすね。ちょっと歩くとT川に行き当たるよ。おれ、バーベキューとかしにこよっかな」

タバコを買って帰ってきたケンちゃんがうきうきと言った。いや来るな、と心の中で拒否しつつ、私は言った。

「いいよいつでも。遊びにきてね、ケンちゃんもお父さんも」

「おれが？　来るわけないだろ。娘のひとり暮らしの部屋になんざ、興味ないね」

私はむっとなった。しばらく会えないのに、ほかに言うことないのかこの親父《おやじ》は。

「ほんとに？　おれ、まじに来るからね。えーっと、じゃあとりあえず来週の日曜日……」

父はまたケンちゃんの頭をどついて黙らせた。

ふたりが乗りこんだ軽トラックを、私はアパートの二階の廊下から見送った。私はただたどしく手を振って見せた。ケンちゃんは元気よく手を振り返してくれた。父はこちらを見向きもしなかった。

そうなのだ。母がいなくたって、私がいなくたって、父はなんとかやっていけるだろう。

私だって、そうだ。母がいなくても、父がいなくても、ケンちゃんがいなくても、なんとかやっていくだろう。いや、やっていかなくちゃならない。

心にうっすらと広がる雨雲を追い出そうと、自分に言い聞かせる。

ついに私は、独立したのだ。父から、あの町から。

目には見えない境界線の呪縛《じゅばく》から。

三カ月ぶりにM町の駅に降り立った。

ケンちゃんが入院したのだ。作業中に誤って骨折したという。病室を訪ねると、天井から片足を吊《つ》ったケンちゃんがいた。

「なにこれ。マンガみたいだね」

吊った足に触ろうとすると、「わちゃちゃちゃちゃ！」と触るまえから大声を出した。

「やめてくれよお。まじに痛いんだから」

ケンちゃんはさすがにヘコんでいた。仕事に支障が出るのも申し訳ないが、社長のことが心配で、とため息をついた。

「社長、ちゃんとご飯食べてるかなあ。様子見にいってやってよ。おれがいないとなんにもできないんだから」

奥さんみたいなことを言う。

「だいたいなっちゃんも冷たいよ。川向こうへ行ったきり、ちっとも帰ってこないんだから」

「ごめん。あたしも色々忙しくって……」

N町に引っ越したら、合コンのときに堂々とアドレスを口にできる。そう思っていたのに、実際は慣れないひとり暮らしを維持するのがせいいっぱいで、合コンを連打する余裕は消え失せてしまっていた。

病院を出て、そのまま実家に向かう。日曜日の町工場地域は、しんと静まり返っていた。近所の不動産屋を通りすがりに覗く。タヌキ型のおっさんが、あいかわらずねずみ色の事務机の前にでんと鎮座していた。

家のドアを開けて「ただいま」と控えめに言ってみた。返事はない。

なつかしい匂《にお》いがする。工場の油の匂い、母の仏前の線香の匂い。それに、かつおだしのいい匂いまでする。母の生前、塾から帰ってくると、こんないい匂いがいっぱいにしてたっけ。

台所へ行ってみると、後ろ姿の父が、何やら一生懸命作っている。台所に立つ父を初めて見た私は、すなおに驚いた。

「えーっまじで。料理してんの、お父さん？」

突然声をかけられて、父はひっくり返りそうになった。私の顔を見ると、本気で怒り出した。

「馬鹿野郎！　帰ってきたなら『ただいま』くらい言って入ってこい！」

「えー。言ったんだけど。地味に」

「でっかい声でだよ！」

父がむきになるので、ちょっとおかしくなった。私は父の横に立つと、鍋《なべ》の中を覗きこんだ。つやつやに光るちくわやこんにゃくが並んでいる。わあ、と思わず声を上げた。

「今日の晩ご飯？」

「健一にだよ。病院の飯がまずいって言うから」

「そうなんだ。じゃ、あたしも作ろ」

私はシャツの袖《そで》を捲《まく》り上げて、冷蔵庫のドアを開けた。父が不思議そうな顔になる。

「なんだ。お前、料理するのか」

「あたりまえだよ。ひとり暮らししてるんだよ。毎日自炊だっつーの」

「ほんとか。そりゃ面白いな」

「何よ。じゃ、ケンちゃんに食べ比べてもらう？　どっちがおいしいか」

「おう。望むところだ」

よし、最近の十八番《おはこ》、肉じゃがで勝負だ。

「お肉買いにいってくるね」

台所を出ていきかけた私の背中に、父が声をかけた。

「おう、おかえり」

私は振り向かなかった。そのまま玄関に行って、母のサンダルをつっかけて、工場の前の道に出た。

「いってこい、でしょ。お父さん」

そうつぶやいてみた。

大きく空を見上げる。吸いこまれそうな故郷の町の夕焼け空があった。

病室での父娘料理対決。持っていった煮物を残さずたいらげてから、ケンちゃんはおごそかに判定を下した。

「おれの煮物が一番うまい」

それで、父にまたどつかれていた。

「じゃあ、また来るから」

病院を出てそう告げると、父はそっぽを向いたまま返した。

「自分で決めたんだろ。半端なことじゃ、帰ってくるなよ」

私は黙ってうなずいた。

駅へ続く道の角まで歩いて、振り向いた。父が突っ立ったままでこっちを眺めている。

「いってきまあす!」

大きく手を振って見せた。タバコか何かを取り出すように、ポケットの中でごそごそやってから、父の手が夕闇《ゆうやみ》の中で小さく揺れた。


電車が川を渡る。

川向こうの駅まで、こうして目を閉じていよう。

電車がホームに到着するまで、人気《ひとけ》のない車内にぽつんと座って、誰が見ているわけでもないのに、私は眠ったふりをしていた。

月とパンケーキ

　昼休み、事務所のデスクに広げた弁当箱の中身を、たまたま後ろを通りかかった工藤さんに覗《のぞ》き見されてしまった。

「おや。珍しいね、パンケーキですか？」

　これを「ホットケーキ」と呼ばなかったのは工藤さんが初めてだ。ちょっと意外な気がしたが、「ええ、朝ご飯の残りなんです」とさりげなく答える。

「パンケーキが朝ご飯だなんて、八木橋《やぎはし》さんちは幸せを絵に描《か》いたような家庭なんだな。うらやましいですね」

　またまた意外なリアクションだ。上司の工藤さんはたしか今年五十歳の大台に乗るとかぼやいてたけど、案外アメリカ通だったりするのかな。

確かにパンケーキとソーセージっていうのは、私が高校時代、まだ離婚まえの両親にめちゃくちゃ甘やかされていた頃に、ホームステイに行ったミネソタ州のごくごく普通の家庭で、毎朝テーブルの上に並んだメニューだった。

最初は「朝からホットケーキ？　しかもソーセージと一緒ぉ？」と気持ちが悪かったが、慣れてみるとこれが思いのほかイケる。ホームステイ先のお母さんに作り方を習い、帰国してから作ってみた。

「あれこれ心配しちゃったけど、やっぱりホームステイに行かせてよかった。麻由《まゆ》美《み》がごちそう作ってくれるようになったんだもんね」

キッチンに並んで立つ母が、歌うようにそう言ったことを覚えている。何度挑戦しても、薄くもない、甘くもしょっぱくもない、ぱさぱさでコゲコゲの、おいしくもなんともないできそこないの巨大などらやきみたいなその食べ物を、父も母も、「ごちそう」と言ってくれた。

まあ、確かにその頃は、幸せを絵に描いたような家庭、と言えなくもなかった。

私が社会人になるのを待って、両親は離婚した。そしてすぐに、それぞれに違う相手と結婚した。とんだ仮面夫婦だったってわけだ。

いま、ふたりとも幸せに暮らしていると思う。もう三年以上、会っていないけれど。

「幸せな家庭もなにも、あたしひとり暮らしですから。両親は離婚、だんなとは死別」

何も考えずにそう返したのだが、

「あれれ。おれ、余計なこと言っちゃったかな」

工藤さんは急に恐縮してしまった。

「別にいいですよ。あたしのヒサンな過去のことは、みんな知ってるし。工藤さんご存《ぞん》じなかったですか？」

苦笑して言うと、「ごめん」と白髪まじりの頭を下げる。

「小林さんとか清原さんに聞いて知ってた。あと、和田君にも」

私は無意識にパンケーキにフォークを突き立てた。

あいつらァ、やっぱあれこれあたしのいないとこでウワサしてんだな。

「まあ、そんなわけですので。幸せだった家庭をなつかしんで、ひとりパンケーキを作ってるわけです」

あやまられたから、というわけでもないのだが、そんなヒガミめいたことを言ってみたくなった。

工藤さんは、「そうですか」とつぶやいて、所在なさそうに弁当箱の中身に視線を落としていたが、

「いいですね。ひとりで作るパンケーキってのも、なんかすてきだ」

もうひと言つぶやいてから、事務所を出ていった。

私はため息をついて、すっかり食べる気をなくしたパンケーキを半分残したまま、弁当箱のふたを閉じる。

そうですね。ひとりで作るパンケーキも、おいしくなくはないですよ。

でもふたりで作るパンケーキのほうが、甘くってほんのりしょっぱくて、こんがりと焼けておいしいもんですよ、工藤さん。


タクと結婚したのは、いま勤めている不動産チェーンの会社に入社して一年後だった。

まだ二十三歳。結婚を決める前日までは、両親の非情な離婚再婚ドラマをさんざん見せられて、結婚というものにかなり幻滅していたのだけれど。

タクとは合コンで会って、彼氏もいない時期だったので、二回デートした。二回目のとき、私はこれっきりのつもりだった。そのままホテルに行ったのも、最後に一回くらいしてやってもいいかな、と思っただけだ。

タクがあんまり一生懸命で、自分の持てる口説きワザのすべてを出して私を落といしにかかってるのがわかったし、どっちかっていうとかわいそうになったのだ。いまどき一回寝たくらいでカノジョになっちゃう女子がいるのかどうかわからないけど、少なくとも私にはそんな気はゼロだった。

ところが、である。

デキてしまったのだ。

ちゃんとゴムつけてたはずなのに。私はそら恐ろしくなった。

これはもう、タクの執念としか言いようがない。

心底焦ったが、こうなったら中絶費用は負担してもらうしかない。

「もう連絡しないで」と最終通達した私からの電話を受けて、タクが大喜びだったのは言うまでもない。すごかったのはそこからさきだ。

妊娠したことを告げると、タクは本当にその場で踊り出したのだ。渋谷の、それなりにオトナっぽい、別れ話とかにうってつけのクールなムードのバーだった。BGMは普通にジャズだった。それなのにタクは、狂ったように踊り出したのだ。

そして、あっけにとられている女性バーテンダーに向かって、大声で言った。

「すっ……すいません、シャンパンください！　祝杯なんで、ドンペリとかで！　あ、彼女にはノンアルコールで！　赤ちゃんがいるんで！　おれの子供なんで！　おれ、パパになるんで！」

バーテンダーの女の子は、文字通り目を点にしていた。私のほうは、生まれて初めて真剣に踊り狂う――しかもブレイクダンスとかじゃなくてタコ踊り――オトコを目撃して絶句してしまった。

「うえっ……き、キモちわりぃ。やべっ、おれ、吐きそ」

さんざん踊り狂った挙句、タクはトイレへすっ飛んでいった。

我に返った私は、あわててバッグをつかんで立ち上がると、店を出ようとした。

「あれっ、お帰りになっちゃうんですか？」

カウンターの中から女の子が声をかける。私は振り向いた。一瞬、彼女の胸のソムリエバッジと「C・SUZUKI」と控えめなネームプレートが目に入った。

「す、すいません。お騒がせしました。お勘定はヤツが払いますんで。じゃ」

「ちょっと待ってください。ノンアルコールのカクテル、召し上がりませんか。私、色々創作カクテルやってるんです。お祝いにお作りしますから」

お祝い、ったって。

スズキさんはリズミカルにシェーカーを揺らして、カクテルグラスに少し黄色がかった液体を落とした。甘酸っぱい香りが立ち上がってくる。口をつけると、ほのかにパイナップルとレモンのような酸味が舌に広がる。

「おいしい。なんていうカクテルですか？」

スズキさんはいたずらっぽく笑って答えた。

「『ベイビー・ムーン』。いま考えつきました。新しい命を祝して」

ロマンチックなカクテルのせいだろうか。はたまた、常軌を逸したタクの喜びかたに不意打ちされたせいだろうか。

私は、タクと結婚した。

もともと結婚になんの幻想もなかったから、式も挙げなかったし、両親と一部の友人に打ち明けるにとどめた。「ちょっと地味婚すぎない？」と母に文句を言われたが、「言える立場じゃないでしょ」と思わず嫌味を返してしまった。

そんなに好きでもない男と、なし崩しの結婚。

私の人生、つまんないことに預けてしまった。

おいこら。お前のせいだぞ。

日に日にまあるく、大きくなっていくお腹《なか》に向かって、文句をぶつけてみる。

こいつさえ、できなければ。

タクは胎児に「まるちゃん」と名前をつけて、呼びかけたりさすったりキスしたり、やたらにぎやかだった。私はほとんどあきれ返っていた。こんなやかましい男と、このさきたぶん、ずっと一緒に生きていくんだ。

ああ、ウザい。

そう思いながら、私は毎朝パンケーキを焼くようになった。

「何これ、うまい。うますぎるよ。ねえ麻由美、うまいよこのホットケーキ！」

自分史上最高にうまい食べ物。私の作るパンケーキを、タクはそう呼んだ。

料理はからきしだめなくせに、一緒に焼くんだ、と毎朝勇んでキッチンに立つ。卵を床に落としたり、粉をぶちまけたり。子供みたいに大笑いしながら。

私はますますあきれ返った。そして、とうとう観念した。

もう、しょうがない。こんなやつでも、このさきずっと一緒に生きていってやるか。

一緒に作るパンケーキが、けっこうおいしくなってきたな、と思い始めた頃。

実にあっけなく、あざやかなほどきっぱりと、タクは私のそばから永遠にいなくなってしまった。

駅からの帰り道、踏み切り事故に巻きこまれて。

一度下りてしまったら、容易には上がらない開かずの踏み切りで。

その日、私は朝から体調が思わしくなく、「今日生まれちゃうかも」と仕事に出かけるタクの背中に冗談で言った。

「パパ、ソッコーで帰るからな！　それまで待ってろよ、まる子！」

まん丸のお腹に頰《ほお》ずりしてから、元気に出かけていって、それっきり。

事故現場に、満月が、完璧《かんぺき》に丸い月が、しんとして昇っていた。

その三週間後、子供が生まれた。

死産だった。

一度も呼吸することなく、子供までもが逝ってしまった。

タクが、連れていった。

そう思った。

どうしてだろう、涙はひと粒も流れなかった。

夢から覚めたのかな。しょうもなくて、にぎやかで、最後のほうはわりと面白かった夢から。

私の生活は、一年まえのそのまんま、何ごとも変わることなくもとに戻った。

ただひとつ、毎朝パンケーキを焼くこと以外は。


「工藤さんってアメリカ通なんですか?」

S区N町にある不動産仲介店の窓口。私の勤務先は、平日の午後にはわりと暇になる。同じく窓口担当の当店最古参・小林さんに、興味本位で聞いてみた。

「あれ、知ってたの?　別れた奥さん、帰国子女とかでね。なんか夫婦間格差があったみたいよ」

ふうん、なるほど。私は急に納得した。

アメリカ帰りの奥さんが、本場仕こみのパンケーキを気まぐれに作ったことがあったのかもしれない。

私が去年この店に配属されたとき、すでに工藤さんは独り身だった。

小林さんによると、工藤さんが離婚したのは三年まえ。うちの会社はアメリカに本社がある不動産仲介のチェーン店で、外資といえば外資だが、都内の主要駅前にある各支店は町の不動産屋とそう変わりはない。そこの支店長なんて地味なポジションにいる夫に愛想《あいそ》をつかして、奥さんは出ていってしまったとか。子供もなく、あっさり離婚したらしい。

いろんな夫婦がいるものだな。

朝、フライパンに油を引きながら、そんなことを考える。

うちの両親はお互いによそに好きな人がいて離婚したし、工藤さんは一生懸命真面目《まじめ》に働いてたのに奥さんに愛想をつかされた。

世の中、うまくいってる夫婦のほうが少ないんじゃないか、と思えてくる。

丸く広がったパンケーキの生地に、ふつふつと白い泡が沸き上がるのを見つめるうちに、ちょっとしたいたずら心が頭を持ち上げた。

でき上がった薄いパンケーキを何重にも重ねる。とっておいたケーキの箱を取り出して、その中に丸いまま入れる。メープルシロップを瓶《びん》ごと紙袋に入れて、プラスチックのナイフとフォークを二本ずつ。

「これ、よかったら」

昼休み、コンビニ弁当を買って帰ってきた工藤さんにケーキの箱が入った紙袋を差し出した。

びっくりしたのは工藤さんだけじゃない。小林さんも清原さんも和田君も、みんな一様にぽかんと同じ顔になった。

「あれ、支店長にワイロ？　いまって査定の時期でしたっけね？」

和田君が言う。

「なーに言ってんの。和田君、あたしが食べてたパンケーキ、『昼飯にホットケーキって気持ち悪くないすか？』なんて言ってたでしょ？　工藤さんは、ちゃーんと『パンケーキ』って言ってくださったんで、そのお礼です」

工藤さんは袋を受け取ったが、てれることしきりだ。

「いやあ、言ってみるもんだな。ワイフが出てっちゃってから、パンケーキには縁がなくてね」

「なーんちゃって支店長、八木橋さんもいちおう独身ですから。いーんじゃないですかあ?」

「ねえねえ八木橋さん、たよれる年上とかいーんじゃないのお? ちょっと上すぎ?」

「何ばか言ってんだ!」

みんなにはやされて、工藤さんが本気で赤くなっているのが意外だった。

それ以上なんだかんだ言われるのを避けてか、工藤さんは結局、店を出るまで袋を開けなかった。私はなんだか少しがっかりした。

袋を開けた瞬間の顔が見てみたかったのに。

定時に上がって、清原さんと駅前でお茶をした。清原さんがしきりに訊《き》く。

「ねえ、ほんとのところ、なんで支店長にホットケーキ作ってきたわけ?」

「だーかーらー。ホットケーキじゃないってば」

「パンケーキ?」

「そ」

「じゃあ、そのパンケーキとやらを。ねえ、なんで?」

清原さんはけっこうしつこかったが、私は笑ってお茶を濁した。

カフェを出ると、丸い月がほの明るい夜空にかかっている。見上げながら駅に向かううちに、いつものように電車に乗って、こんなに丸くて大きな月に背を向けて帰ってしまうのがもったいない気がしてきた。

目の前の焼きたてほかほかのパンケーキを、みすみす食べずに帰ってしまうような。

「あたし、ちょっと用事あるから、ここで」

改札の前まで来て、私は清原さんにそう告げた。

「なぁに？　怪しいなあ」

「そんなんじゃないって。ちょっと買い物。じゃあね」

駅前を通り過ぎて、T川の土手に向かう。広い河川敷は月見にはもってこいの場所だ。

ふと、まだ工藤さんが残業しているんじゃないか、と思いつく。

川原にまっすぐ向かわずに、店の前の道に戻る。ガラス張りの店内から、白い灯《あか》りが漏れている。

蛍光灯をひとつだけ点《とも》して、工藤さんがカウンターの奥にぽつんと座っている。残業夜食にしようとしているのか、ちょうど例の紙袋を取り出したところだった。

私は店の前の電信柱のそばに佇《たたず》んで、じっと中の様子をうかがった。

まず箱を取り出す。茶器でも眺めるように、箱を三六〇度、あちこちから見回している。この時点で笑いがこみ上げてきた。

そうっとふたを開ける。壊れものでも取り出すように、慎重に、パンケーキを取り出す。

またもや全方位から眺める。うんうん、とうなずく。真上から見て、もう一回、二回、うんうん。

ありゃりゃ、なんとケータイを取り出した。写真撮影してる。こっちはぷっと噴《ふ》き出してしまった。

メープルシロップの瓶を取り出し、デスクに置く。ポケットからメガネを出してかけ、もう一度瓶を手に取る。表示を読んでいるようだ。

最後に、ナイフとフォークを取り出した。ひと組……もうひと組あることに気づいて、おや、となっている。

工藤さんは、ふた組のナイフとフォークをデスクの上に置いて、腕組みをしてみつめている。いつまでもいつまでもみつめている。

そこまで観察してから、私は店の前を通り過ぎてT川に向かった。

川は広々と月を浮かべて流れている。

まん丸い月に、ふつふつと泡を立てて焼き上がるパンケーキが重なる。

そろそろ、誰かと一緒にキッチンに立ちたくなった。

「ねえ、そうしたって、いいでしょ?」

誰にともなく、囁《ささや》いてみる。
もう、そうしたっていいよね。
明日の朝も、私はまたパンケーキを焼くんだろう。
いつか隣に立つ誰かのことを思い描きながら。

雪の気配

母が、カウンターで頬《ほお》づえをついている。

タバコの灰がぽろぽろ落ちる。それも計算済みなんだろう、カウンターの上についた右肘《みぎひじ》あたりに、ガラスの灰皿が置いてある。目は半開きで、閉じかけたまぶたと現実のあいだで夢を見ているような感じだ。半分眠って半分起きているこの状態が好きなんだ、と、ずいぶん昔、閉店してからバーテンダーの猪瀬《いのせ》さんに言っていたのを覚えている。飲みすぎを心配する猪瀬さんが水を勧《すす》めても、もう一杯ワインちょうだい、ねえイノちゃん、もう一杯だけ、としつこく言ってたっけ。

あの頃、私は十八歳。自分の意志とは裏腹に、母が経営するスナックを手伝わされていた。そして、世界も社会も男の人も知らないくせに、人生っていうのはかなり苦い味がするものなんだ、と思いこんでいた。

「ああ、さっぱりした」

カウンターの内側にずっと屈《かが》んでいた私は、立ち上がった拍子《ひようし》に大声を出した。

「あたし、一度徹底的に店の中、掃除したかったんだよねえ。特にこのへん、カウンターの内側。シンクの隙間《すきま》とか下とか、ゴキブリの温床になっちゃうでしょ。なのにママ、全然気にしないんだもん」

がらんとした店の床をほうきで掃いていた猪瀬さんが、振り向いて笑う。

「おれ、けっこう掃除してたんだよ。そんなに汚かった?」

「だって猪瀬さん辞めたのもう三年もまえでしょ。それからはママとバイトの男の子とふたりだったんだから。かなり汚かったよ」

カウンターの上をダスターで拭《ふ》きながら、「あ」と声を上げる。母が閉店後にいつも座っていた隅っこに、いくつものタバコの焼け焦げがある。

「もうママってば、ほんとに火の始末が悪いんだから。寝タバコもけっこうしてたんだよね。火事にならなかったのは奇跡的だよ」

猪瀬さんの笑顔が苦笑に変わる。

「智香《ちか》ちゃんのボヤき、久々だなあ。そこに座って、ママもきっと喜んでるよ」

私は、誰も座っていないカウンターを見た。

うるさいなあ智香は、子供のくせに。あんたも一人前の大人になって、ワインの一杯も飲めるようになってから文句言ったら？　ったく十年早いっつーの。

頬づえをついたまま、母はそんなことを私に言った。

早く出ていきな。いつまでも、こんなとこにいちゃいけないんだよあんたは。

その言葉通りに七年まえに出ていって、帰ってきたのは三日まえ。

母が亡くなった翌日のことだった。


十八歳のあの頃。世の中の何もかもが、ずるく、汚く、うざったく思えた。いまにして思えば、世の中の十八歳っていうのは、多かれ少なかれ、そんなふうに何もかもを自分から遠ざけたくなるんだろう。けれどあの頃、私はそれが自分だけに特別な感情なんだと思いこんでいた。

十八のときから水商売やってて、二十歳そこそこで私を産んで、「ワケあって」結婚できなかった私の父には捨てられて、結局気がついたら水商売一筋二十年の母。

その母が、世の中でいちばん疎《うと》ましい存在だった。

世間ではそういうのを「フクザツな家庭環境」と呼ぶらしいが、私にしてみればごく単純な環境だった。母がいて、私がいる。母も私も、お互いに興味がない。以上。

「鈴木さん。お宅のお嬢さん、今回の全国統一模試ですごくいい結果出しましたよ。これなら第一志望もいけそうですね」

高校三年の秋。三者面談に、高校に入って初めて母が顔を出した。こっちは母がやってくるとは微塵《みじん》も思っていなかったのだが、最後くらい出席してほしい、と担任の竹中真梨《たけなかまり》先生から母へ電話が入ってしまったのだ。

保護者待合室で待っていた母を見て、私はうんざりした。異様に肩パッドが盛り上がった白いスーツで、大ぶりの襟《えり》にはベルベットとラインストーンで唐草模様みたいな縁取りがしてある。きっちりまとまった縦ロールの髪。ぬらぬらとグロスの光る唇。どっからどう見ても完璧《かんぺき》なオミズだ。

部屋には同級生親子二組がいたが、心なしか母と距離を置いて座っているようにも見えた。

「そうなんですか。第一志望……ってあんた大学行くつもりなの？」

面談席に座ってすぐに明るい話題を向けられた母は、愛想笑《あいそわら》いを浮かべたままで、私に訊《き》いてきた。

私は返事をしなかった。ずっと心に決めていた志望校があったが、先生以外、誰にも言わずにいたのだ。

竹中先生は私の顔と母の顔を見比べていたが、

「このままでいけば問題ないとは思いますが、まずはおふたりで話し合ってみてください」

私の志望大学がどこなのかは、その場で言わずにいてくれた。

「あんた、大学行くのね」

帰り道で、ため息まじりに母がつぶやいた。あきれたようなあきらめたような口調で。

「別にそっちには迷惑かけないよ。ママにもらってたバイト代ずっと貯《た》めてたし、奨学金ももらうつもりだし」

私はそっぽを向いたまま言った。母に何も期待していなかったくせに、なぜかなじるように返してしまった。

「あんたが、大学なんて」

風の中で、母の笑い声が聞こえた。

さっきの待合室で、同級生の女の子たちの横に並んだ品のいいお母さんたち。母と私を蔑《さげす》むようなまなざしが、ふと蘇《よみがえ》る。

母がいつまでも小気味よさそうにことこと笑うのを聞いて、私はなぜだか涙がこみ上げた。

馬鹿にしてる。

たまらなくなって、駅と反対方向に、私は急に走り出した。でたらめに涙を流しながら、がむしゃらに走りながら、母が追いかけてこないのを一心に祈った。

もちろん、母は追いかけてこなかった。それがいっそう、私をさびしくさせ、涙を流させた。

出ていくんだ。あの家から、母のもとから。

一刻も早く、独立するんだ。いまわしい日常から、子供の私から。

私は夢中で勉強した。もちろん店の手伝いもやめなかった。カラオケががんがん鳴り響く中で、分厚い選曲リストの上にさらに分厚い参考書を広げたり、グラスを洗いながらイヤホンで英単語を聴いたりしていた。

「智香ちゃん、もう店出るのやめたら？　こんなところで勉強したって頭に入らないんじゃないの？」

猪瀬さんが心配して言ってくれたが、母はまったく気にもとめていない様子だった。あいかわらずカウンターで頬づえをついて飲んだくれ、なんだかんだと愚痴《ぐち》っている。その横で、私は黙って参考書を広げ続けた。

一月。

センター試験が近づいていた。私の志望校は超難関の国立大学で、正直、受かるかどうかは五分五分だと思っていた。

あの母から離れるためには、どうしても受かりたい。ひとり暮らしのおだやかな環境を得て憧《あこが》れの大学生活を送るという間近な夢の実現に、自分のすべてを賭《か》ける覚悟だった。

一方で、もし受かってしまったら、どうやって生活していったらいいのか見当がつかなかった。自分の貯金で入学金を払うつもりだったが、そうしてしまったあと、授業料、生活費、引っ越し費用、何ひとつ賄《まかな》えないのが現実だった。

どうにかなる、と強気でいたが、もしも本当に東京に行くことになってしまったらどうすることもできない、ともわかっていた。

だから、落ちたっていい。そうなったら、母の店で働きながら次にどうするか考えればいい。そんなふうにも思っていた。

私の受験が近づくにつれ、母のアルコール量は目に見えて増えていった。客待ちのあいだ、カウンターの両側の端っこで、飲んだくれる母と無言で問題集を解く娘。カウンターの中、ふたりのあいだに立って、猪瀬さんが気を揉《も》んでいた。

「ねえ、あんたどこ受験するつもり？」

あるとき、母が唐突に訊いてきた。私は志望校を母にいっさい話していなかったのだ。

そのときも、私は完全に母を無視した。母は頬づえをついて、「ふん」と鼻を鳴らした。

「受かりっこないっしょ。あたしの娘なんだから、デキがいいわけないじゃん」

猪瀬さんが苦笑して、すかさず私に向かって言う。

「ママ酔っぱらってるから。気にすんなよ」

私は立ち上がって、できるだけさりげなく返す。

「今日、もう上がっていい？　お客も来ないし、この問題集やっちゃいたいから」

母は、半開きの目を私に向けた。

「あんたも、行っちゃうのね」

どきっとした。母の目が潤《うる》んでいるように見えたのだ。あわてて目を逸《そ》らすと、私は猪瀬さんに笑いかけた。

「じゃあおさきです。もうあんまり飲ませないで、こののんべえに」

小声でそう告げると、猪瀬さんはまた苦笑した。

「わかってますって。勉強がんばって」

店の奥の階段が二階の母と私の住まいに続いている。その暗いステップを上がりながら、自然とため息をつく。

なんとかして独立する。そう固く決めているけれど。

その道の遠さ、けわしさに、私はくじけてしまいそうだった。

それに、あの母をひとり残して出ていくこと自体、いいのかどうか。私がいなくなったら、たよれるのは従業員の猪瀬さんだけだ。その善意にたよるにしたって限度がある。

急速に広がる弱気を振り切るように、私はこたつにしがみついて勉強を始めた。それから試験日までは、店には出ず、母とも会話をせずに、ひたすらに問題集を解いた。

受験前夜。底冷えのする夜気に雪の気配を感じて窓を開けると、夜の町が真っ白に染まっていた。

階下の店からは、いつもはうるさく響き渡るカラオケも客の笑い声も聞こえてこない。こんな雪の夜は、誰もがまっすぐに家に帰るのだ。

こたつで過去問を解いていると、静かな足音がして、襖《ふすま》が開いた。

胸の開いたドレスに分厚いウールのカーディガンを羽織って、母がグラスを片手に入ってきた。私は露骨《ろこつ》にため息をつく。

「なんか用？」

私の問いには答えずに、母はこたつの上に、とん、とグラスを置いた。

「これ飲んでみ」

グラスの中に、真っ赤な液体が湯気を立てて揺れている。レモンスライスとシナモンスティックが添えられて。つんと立ち上がってくる香りは、カシスかラズベリーのような甘酸っぱさ。ホットワインだった。

「あいにく、未成年なもんで」

母の口真似《くちまね》をして、私は言った。

私がお客に酒を勧められると、店のどこにいて誰の相手をしていても、母が「その子は未成年なもんで」と割って入る。「その未成年を飲み屋で働かせてること自体、どうなんだよママ」と茶化されて、「いいのいいの、あたしの自慢の娘なんだから」と笑って返していた。

「いいから飲みな。おいしいから」

しつこく勧められて、私はしぶしぶグラスに口をつけた。

舌が痺《しび》れるような甘みと酸味が、口の中に広がる。ハチミツとレモンとシナモンの香りが、縮こまっていた身体《からだ》をゆっくりとほぐしてゆく。小さな熱い果実が、喉《のど》から胃にこくんと落ちていくようだ。

はあっ、と今度は、感嘆の吐息を漏らしてしまった。母がにやりとする。

「どお？　魅力的でしょ、アルコールってのは」

緩んだ顔をまたもやむすっとさせて、私は返した。

「そりゃ魅力的かもしれないけど、ほどがあるでしょ。ママのはやりすぎだよ」

母は面白そうに声を上げて笑った。

「わかってるって。あんたはお酒を飲むようになったら、あたしみたいに飲まれちゃだめだよ。自分も他人も楽しくなるお酒を飲める、あんた、そういう大人になるといいな」

こたつの台に頰づえをついて、夢を見るみたいにそんなことを言った。

ホットワインは、甘く、酸っぱく、しみるような味だった。そして、かちかちになっていた心をとろけさせるのに十分な熱さだった。


「ふうっ、今夜は冷えるなあ。こりゃあ、初雪がくるかもしれないぞ」

店の外まで掃き終わった猪瀬さんが、両手をこすりながら店へ入ってくる。それから、おもむろにカウンターに座る。

「先輩、お飲み物は何になさいますか？」

カウンターの内側から、ちょっと気取って猪瀬さんに訊く。猪瀬さんは頭を掻《か》いて、

「いやあ、お任せしますよ。でも、何か創作カクテルがいいかな。せっかくだから」

なんだかてれくさそうだ。私は微笑《びしょう》して、段ボールの中に片づけてしまっていたジンやトニックウォーターなどのボトルを取り出す。

「しかし、智香ちゃんがこの世界に入るとはなあ。大学卒業して、そのあとフランスに留学したときは、もう全然違う世界に行っちゃったね、ってママと話してたもんだよ」

「フランスにはソムリエの資格取りに行ったんだけどね。まあ、酒好きの血は争えなかったってわけ」

リズミカルにシェーカーを振ってから、グラスにすばやく液体を注ぐ。その一連の動作を、猪瀬さんがまばたきもせずに注視しているのがわかる。

カウンターのお客が、カクテルのでき上がるのを息を凝らしてみつめる。この瞬間がたまらなく好きだ。

「ママも、喜んでるよ」

そうつぶやいてから、猪瀬さんはカクテルグラスを、母がいつも座っていたカウ

ンターの端っこに向かって上げて見せた。

さっさと出ていきなよ。もう帰ってこなくったって、いいから。

第一志望の大学に合格したあと、入学手続きも生活資金もすっかり準備してくれた上で、母は私にそう言った。強がりだと、わかっていた。

あたし、イノちゃんと結婚するから。だから邪魔しないでくれる？　あんたが帰ってきたら、邪魔なのよ。

そんなことも言っていた。それ以外にも、女は十八で独立するもんだとか、入学金耳を揃えて返せるようになるまでうちの敷居をまたぐなとか、さんざんに騒いで見せた。そのうちの半分ぐらいは真に受けた。できるだけ母から遠いところへと、私はどんどん距離を置いた。しまいにはフランスまで行ってしまった。そのくせ、選んだ仕事は、母のいちばん近くに戻る仕事だった。

「うわ。うまいな、これ。なんか、しみるよ」

グラスに口をつけて、猪瀬さんが言う。私は笑顔でうなずいて見せる。

そして、照明の落ちた店内を見遣《みや》りながら訊いてみる。

「ねえ、猪瀬さん。ママ、猪瀬さんと結婚する、なんて言ってたんだよ。だから帰ってくるな、って」

猪瀬さんは、はにかむような笑顔になったが、何も言わなかった。私も黙って、カウンターの隅っこを見つめていた。

「そうだね。それも、よかったかも」

しばらくして、猪瀬さんの静かな声がした。

ボストンバッグの中からワインボトルを取り出して、私は言った。

「乾杯しますか。とっておきのワイン、東京から持ってきたから。シャトー・マルゴー、二〇〇一年」

「おお、いいねいいね」

少し曇ったグラスをみっつ、カウンターの上に並べる。

人生、甘くない。苦いし辛《から》いし酸っぱいし、けっこうとんでもない。でも、そういう味をちょっとずつブレンドするからこそ、美味しくなるのよね。

いまの私なら、そんなふうに言うだろう。カウンターの隅っこで、頬づえをついて居眠りして、何やら夢を見ている母に向かって。

そういえばあの夜も、こんなふうに雪の気配がしていた。

「あたしは、ホットワインにしようかな」

そうつぶやいてから、気がついた。

ハチミツとレモンとシナモンスティック。店には常備していなかった甘くて酸っぱくて辛いスパイスを、あの夜、母はどこから運んできたんだろう。

タバコの焼け焦げの上に、ことりとグラスを置く。そこにかちん、と自分のグラスを合わせてみる。

もうすぐ雪が降る。何もかも、白く塗り替えて。

真冬の花束

植物にとって、花を開くって簡単なことなんじゃないの？

中学生時代、なかなか開かない小菊のつぼみを見つめながら、そんなことを思った。

こんなにいっぱいつぼみをつけてるんだから、一個ぐらい開かないのかなあ。そんな感じで、日がな一日、なあんにもしないで眺め続けていた。

白い小菊の花は、月曜の朝、ひさしぶりに登校した私の机の上に活《い》けられていた。その横にはごていねいに線香立てが置いてあり、線香が一本だけ、細い煙を空中に放っていた。私は目だけを動かしてその煙の行方《ゆくえ》を追った。

教室のあちこちに固まっている男子や女子が、私の反応を盗み見てくすくす笑い声を立てる。私は線香立てを足もとに突っ転がし、たくさんのつぼみをつけている小菊の一枝をコップから抜き取って、社会科の教科書の一ページを破いて包んだ。一連の行為を、クラスの全員が息を潜《ひそ》めて遠巻きに眺めていた。

自分の部屋の机にあらためて小菊を飾る。つぼみを数えると、十四個あった。十四歳の私は、そのつぼみのひとつひとつに自分の生きてきた年数を重ね、全部開いたら私も花開くんだ、などと思い描いた。

それから一週間。つぼみは、ひとつも開かなかった。

「あーあ。まったく困ったもんだ」

職員室のデスクで山積した宿題のチェックをしていたら、緒方先生が嘆息《たんそく》しながら隣の席に腰を下ろした。この態度は、「ちょっと聞いてよ」というういつものサインだ。

私は手を休めて、「どうしたんですか」と応える。早く片づけてしまいたいのだが、先輩のうっぷんも受け止めなければやっていけないのが新任教師のつらいところだ。

緒方先生は髭面《ひげづら》をこっちにぐっと近づけて、ひそひそ声で言う。

「竹中《たけなか》センセのクラスの石田。あいつ荒れてるわあ。たぶん、馬場がターゲットになってるよ」

ぎくりとした。

クラスでいちばん身体《からだ》が大きくて目立つ存在の石田大志《たいし》を中心に、どうやらいじめが発生している。この春に着任し、担任を受け持って、すぐに気づいた。

ターゲットは馬場真紀《まき》。地味な目鼻立ちの印象の薄い子だ。家庭や成績に問題があるわけではなくても、あるとき突然、いじめの炎が燃え上がることを私は知っている。私自身のケースがそうだったからだ。

ただし、表立っては彼女がいじめられている形跡はいっさい現れていない。クラスメイトの誰からもいじめの指摘はなかったし、教師たちからもなかった。もちろん本人が、いじめられている、と明言したことなどただの一度もない。けれどいじめの気配は歴然《れきぜん》とあった。どういういじめなのかははっきりしない。おそらく、それだけ陰湿《いんしつ》なものなのだろう。

職員会議で何度もいじめの報告を上げようと思ったが、確証もなく勘だけで発言するのは危険すぎた。このところ急激に社会問題化している「いじめ」は、実は学校の中ではできるだけ誰もが開けまいとしているパンドラの箱なのだ。

十代の子供たちが大勢集まれば、いじめの芽のひとつやふたつ、出てきても当然だ。それなのに学校があえてそれに触れないのは、万が一何かあったとき、「いじめはなかった」と公言できる余地を残しておきたいからなのだ。

だからこそ、緒方先生から馬場真紀の周辺が怪しい、と指摘があったことに救われた思いがした。

私は思い切って返した。

「気づいてます……私も」

先生は眉間《みけん》に皺《しわ》を寄せて、苦々しい笑みを浮かべた。

「触らぬ神に祟《たた》りなしだよ。ほっとくしかないって」

そして、何もなかったかのように、すぐにデスクトップコンピュータのキーを叩《たた》き始めた。思い切り肩透かしを食らった気がして、私はしばらくあっけにとられていたが、こちらも仕方なく宿題の山に戻った。

仕事の手を休めて、机の上のコップに挿した紫色の野菊を眺める。野菊は学校の裏庭に群れて咲いていた。用務員のおじさんが大切に育てているのを、一本分けてもらって飾ったのだ。

もうずいぶんまえ、熾烈《しれつ》ないじめを受けていた中学時代に、声をかけてくれた先生がいた。

国語の先生だったその人は、「読んでみて」と一冊の詩集を手渡してくれた。表紙に「武者小路実篤《むしやのこうじさねあつ》」と、見たこともないような難しい漢字の名前があった。先生が付箋《ふせん》をつけたページを真っ先に開いた。

そこにあった言葉。

生れけり　死ぬる迄《まで》は　生くる也《なり》

「これは、明治から昭和にかけて活躍した武者小路実篤という作家の言葉です。意味、わかる人」

現国の授業で、その言葉を黒板に書き、問いかけてみた。

シラけた気配。まったく、最近の高校一年生っていうのは何を提案してもまったく興味を示してくれない。暖簾《のれん》に腕押し、ってこんな状態をいうのだろう。一生懸命語りかけても、受け止めもはね返しもせず、上滑りしてずるずると床に落ちていく感じだ。

「クラスをだいひょーしてババっちが答えまーす」

石田大志が、ひっくり返りそうなほど椅子《いす》をのけぞらせて、けだるい声で言う。

とたんに教室のあちこちからくすくすと嘲笑《ちょうしょう》が湧《わ》き起こる。

ババっち、と呼ばれた馬場真紀は、名指しされてたちまち真っ赤になる。

私はすぐに大志を牽制《けんせい》した。

「石田君。君、わかる？　そんなに難しくないと思うけど」

「それはセンセーだからっす。おれには難しくてわかんないしー。でもババっちならわかると思いまーす」

またくすくす笑いが聞こえてくる。真紀はますます赤くなって、見ているのが気の毒なくらいだ。

私はまわりに気づかれないようにため息をついた。時計を見ると終業三分まえだった。

「じゃあ、これ宿題。みんな、自分なりに意味、考えてくること。提出は来週ね」

終業のチャイムが鳴ると、生徒たちは三々五々、教室を出ていった。真紀だけが、すっかり固まって動けなくなってしまっている。

「馬場さん、ちょっといい？」

たまらなくなって声をかけたが、真紀は立ち上がると、下を向いたままで教室を出ていってしまった。

廊下に出ると、いくつかの生徒のグループが携帯を覗《のぞ》き合って笑っている。その笑い声に、さっきと同じ嘲笑の響きが含まれているのが感じられる。いじめの炎は、おそらく、携帯から携帯へと広がっているのだ。

私がかつてやられた「お葬式ごっこ」も、ずいぶん陰湿な仕打ちだったが、それでもいじめが表面化するだけまわりも声をかけやすい。事実、私は恩師に助けられ、一篇《いっぺん》の詩に支えられて、なんとか乗り越えた。

ただ一篇の詩に光を感じられる力が、幸運にもあの頃の私にはあった。

たったひとりだったら、そして自分の人生を励ます言葉を見出《みいだ》せなかったら、案外早くすべてに見切りをつけてしまったかもしれない。

そうなのだ。最近の十代は人生に見切りをつけるのもずっと早くなった。

その日の夜、真紀は自宅で手首を切った。

生まれた。だから、死ぬ。

現国のノートに、そう一行だけ残して。


「生徒の話によると……竹中先生が、授業中に馬場真紀を集中的に質問攻めにして、追い詰めたということですが」

緊急の職員会議で、教頭からそんな発言が飛び出した。

真紀はかろうじて一命を取り留めた。発見が遅く、本当に危なかったのだ。自殺未遂から三日、集中治療室から一般病棟へと移されたと聞いて、私はいてもたってもいられない気分だった。すぐにでも飛んでいって話がしたい。命がけでSOSを送ってきた彼女に、なんとしても応《こた》えなければならない。

真紀の一件はマスコミ沙汰《ざた》になり、市の教育委員会の調査が数日中に入ることになっていた。マスコミの集中砲火を受けても、校長は「いじめはなかった」の一点張りだった。

唐突にやり玉に挙げられて、私は返答する声が震えてしまうのを止められなかった。

「その……そのような事実はありません」

ようやくひと言返すと、教頭がすぐに追い討ちをかけてきた。

「あなた、今朝のワイドショー見ましたか？　リポーターに生徒が証言したんですよ。『先生が集中的にいびってて……』って。『いじめはなかった』と生徒もほかの先生方も全員言っています。あなたが馬場真紀を攻撃する以外は、何もなかったと」

私は、向かい側の席に座っている緒方先生を見た。先生はあわてて視線を逸《そ》らした。

「まあ、仕方ないですな。こうなってしまった以上、先生には責任を取っていただかないと」

教頭は冷たく言い放った。会議室は水を打ったようにしんとなった。私には反論する余地も勇気も覚悟もなかった。

会議室を出ると、どの先生も私を避けるように散っていった。頭の中が真っ白なまま、私はコートとバッグを手にして職員室を出た。

どうしよう。

なさけないことに、そのとき私の心をよぎったのは、真紀の将来のことではなく、自分の将来のことだった。教師になって七年。いまの職場を追われて、次に行くところがあるのだろうか。生徒を追い詰めた、という身に覚えのない理由で解雇されてしまったら。

呆然《ぼうぜん》としたまま、渡り廊下を歩いていく。裏庭で紫色の野菊が北風に揺れている。スコップを動かしながら、用務員のおじさんがその根もとにしゃがみこんでいるのが見える。

校門を出ると、いきなり目の前に飛び出してきた女性がいた。

「竹中先生ですか？　東都テレビ報道局の朝日奈《あさひな》と申しますが」

テレビのリポーターだ。カメラが回り、マイクが突き出される。私は反射的に顔を背《そむ》けた。

「受け持ちの女子生徒さんの自殺未遂事件で……先生が事件に深く関わっておられると、生徒さんからのコメントがありましたが？」
私はじっと顔を背けたままだったが、大きく息をついてから、いきなりカメラに向かって言った。
「馬場さん。あなたの実篤の詩の解釈は、まちがってる」

二日後。
悶々《もんもん》と眠れずに、何度もふとんの中で寝返りを打つ。枕もとの携帯のメール着信音が鳴って、飛び起きた。
なんと馬場真紀からだった。

まちがってるって、どういうこと？

不思議なメールだった。が、とにかくすぐに返信する。

まちがってるって、なんのこと？

一分で返事がきた。

サネアツの詩の解釈がまちがってるって、先生テレビで言ったでしょ。なにそれ？

あっ、と叫んでしまった。あの、校門前でのひと言。自分では見ていなかったが、テレビで放映されたのだ。

メールで伝えるのはちょっと難しい。明日、学校終わってからお見舞いにいってもいい？

期待をこめて、送信キーを押す。それきり、メールはこなかった。

真紀からの返信を待って、結局朝まで眠れなかった。

真紀と話したい。「生れけり　死ぬる迄は　生くる也」。あの詩の持つ言葉の輝き、優しさ、強さ。それを真紀にも、わかってほしい。

生まれてしまったのだから、命が尽きるまではとにかく生きていけばいいじゃないか。だけど誰でも生まれたからには使命があるんだ。だから生きていくことに自信を持て。自覚を持て。勇気を持て。

死は、焦らなくても向こうのほうからいつかやってくる。だからそれまでは、命を燃やして生きろ。

私に詩集を手渡してくれた先生は、ひと言も自分の解釈を述べなかった。けれど私は、この詩を何百回と読み、自分で気づいたのだ。

生きていくんだ。枯れるまえに花開くために。

机の上のコップに挿したままの菊の花。長いこと開かなかった十四個のつぼみが、ある朝、いっせいに開いたのを覚えている。

ただそれだけのことだったのに、私は涙した。小さなつぼみが開いただけなのに、私の世界はその瞬間に変わった。

そんな瞬間が誰にだって訪れる。それは真紀にも等しく訪れるのだ、と教えたかった。

一刻も早く病院へ行こうと帰りじたくをしていると、緒方先生が音もなく近寄ってきて耳打ちした。

「教頭が呼んでるよ」

わかっていた。辞表を早く出せ。教頭はプレッシャーをかけてきている。

「ええ、すぐに行きます」

そう言って、私はコートとバッグを持って職員室を出た。

教頭室とは反対方向、裏庭を通る渡り廊下に向かっていく。紫色の野菊が群れて咲く近くでほうきを動かす用務員のおじさんに、私は声をかけた。

「すみません。この花、少し分けていただいていいですか？」

おじさんはうなずいて、用務員室からはさみを持ってきた。

「できるだけ、つぼみのところを」

デパートの包装紙で包んで、即席の花束ができ上がった。おじさんはそれを手渡しながら、ふと尋《たず》ねた。

「先生。あの子、大丈夫かね」

真紀のことを言っているのだ、と気がついた。

「ええ、大丈夫ですよ。大丈夫です、絶対に」

私は自分に言い聞かせるように、そう答えた。おじさんは、「そうかい」と口もとに微笑《びしょう》を浮かべると、言った。

「この花は、あの子が作ったんだよ。放課後に、いつも手入れを手伝ってくれた」

私は、何も返せなかった。ただ、花束をぎゅっと抱きしめた。

校門前には、リポーターもカメラマンも、もう待機してはいなかった。私は頰《ほお》を北風にさらしながら、まっすぐに校門を出ていった。

花束を片手に抱いたまま、もう片方の手で、真紀にメールする。


ね。生まれたんだからさ。死ぬまでは、生きていこうよ。


送信キーを押す。フラップを閉じて、コートのポケットに入れる。

駅前から、バスに乗る。頭の中で、辞表の文言《もんごん》を考える。

負けたわけじゃない。

起こってしまった現実から、目を背けようとする学校。そこに居座り続けることには、もう意味がない。

あのときも、乗り越えた。だからきっと、また乗り越えてやる。

病院前の停留所で降りたとき、マナーモードにしていた携帯が、ヴヴヴ、とポケットの中で震えた。フラップを開ける。


なんでかな、あたし生まれてきちゃった。でも生きていくかな。とりあえず死ぬまでは。

「正解」

思わずつぶやいた。ついでに小さくガッツポーズまでしてしまった。

その勢いで腕に抱かれた紫色のつぼみが揺れて、北風に冷たくなった頬をふっとくすぐった。

ふたりの時計

玄関先でブーツを履《は》くときに、あ、と気がついた。

両手の指先。ネイルカラーが剝《は》げ落ちて、まだらになっている爪《つめ》。

思わず小さく舌打ちする。スーツも新調したし、髪も念入りにセットした。メイクだってナチュラルだけど好印象を与えるように気を遣って仕上げた。なのにどうしてネイルカラーに気がつかなかったんだろう。

この世でもっともみすぼらしいもの。それはネイルカラーの剝げた爪だ。

「何時頃帰ってくるの？」

途方《とほう》に暮れて両手の先を眺めていた私の背中に、トーストをかじりながら、夫の和真《かずま》が声をかける。私は腕時計を見た。七時四十分だった。

「わかんない。キャリアカウンセラーとの面接次第だから」

つい殺気《さつき》立った声を出してしまった。が、和真はいつもの調子で「あ、そ」と気にもとめない。

「じゃ、晩飯は食ってきちゃっていいんだな」

「そうね。だけど」

私は振り向いて、おもむろに付け加えた。

「揚げ物、肉はだめよ。蕎麦《そば》とか焼き魚定食で。間食もやめてね」

和真は、ぽんぽん、と自分のお腹《なか》を叩《たた》いて見せる。

「はいはい。アンチメタボな食事、心がけます」

勢いよくドアを閉める。マンションの共用廊下をヒールを響かせて歩きながら、ああ、そうか、と思い出す。

もうこんなに急いで家を出ていく必要はないんだ。

一瞬立ち止まって、振り向いた。廊下はしんと静まり返っている。

和真に見送ってもらって家を出たのは、考えてみると初めてだったかもしれない。

広告代理店の営業をしている和真の出勤時間は朝八時。私は夕方のニュース番組のリポーター兼キャスターをしていて、九時頃に家を出るのがいつもの朝のスケジユールだった。

平日は朝、昼、晩、全部別々に食事する。休日も、お互いの用事があってあまり一緒に過ごさない。三十歳を機に結婚して五年経《た》つが、去年くらいから、結婚している意味があまりないんじゃないか、と思うようになった。

学生時代からの付き合いで、気も遣わない、限りなく空気に近い存在。

「結婚する相手はね、真由加《まゆか》。外見とか年収とか学歴とかで選ぶんじゃないの。いかに自分にとっての空気になってくれるか。それだけよ」

三年まえに他界した母は、私が二十歳になった頃、そう教えてくれた。母の教えを意識したわけではないけれど、結局私が選んだ相手はそういう人だった。

だけど、空気なら、わざわざ選び取らなくたって自然と自分のまわりに存在しているものなんじゃないか。

それが美しい花なら、摘み取って部屋に飾りたい。それが無尽蔵な財布なら、思う存分使ってみたい。それが面白い本なら、持ち歩いて心ゆくまで読んでみたい。

空気なんて、普通にどこにでもあって、誰にでも吸えるじゃないか。

母には悪いが、そんなふうに反発する気持ちを抑えられなくなっていた。

そう、先週仕事を辞めてしまうまでは。

一分一秒が惜しいくらいの過密スケジュールで、移動中の車、ランチ直後に戻ったデスク、深夜に帰宅するタクシーの中、チャンスがあればどこでも仮眠していたくらい、無茶苦茶に忙しかった日々。そういうときに限って、ほんの一瞬の隙《すき》をねらってネイルサロンに駆けこんだものだ。

「いつものベージュ系のお色でいいんですか？　朝日奈《あさひな》さん、きれいな爪の形だから、ネイルアートしたらすてきですよ、きっと」

局の近所にある行きつけのサロンのネイリスト、田渕《たぶち》さんが、そんなふうにほめてくれたこともあった。

ニュース番組のリポーター兼キャスターをしている私には、派手なネイルアートなど許されるはずがなかった。恐ろしいことに視聴者は、カメラの前で私のコートのボタンが半分外れかかっているのにさえ気がつくのだ。「朝日奈真由加のネイル、派手すぎ」などとブログに書かれたらたまったものじゃない。

「そうねえ。いつかこの仕事を辞めるときがきたら、やってみようかな」

まったくの冗談のつもりで、そんなふうに答えた。

「ほんとですか。じゃあそのときはあたしにやらせてくださいね。思いっきりアートっぽくしちゃおうかな」

田渕さんがうれしそうに言う。ちょっと本気が入ってる感じがして、いやいや冗談じゃない、やめてよ、と心の中で牽制《けんせい》した。

子供の頃からずっと憧《あこが》れ続けたテレビ局の仕事。必死に勉強して一流大学に入って、大学のアナウンス部の部長も務めて、東都テレビで雑務のアルバイトもして、局の飲み会のときオヤジたちのセクハラの嵐《あらし》にも耐えて、ようやく手にしたポジション。

辞めるわけ、ないじゃない。

一生、この仕事をやり続ける。この世にテレビがある限り。

そんなふうに、誓っていた。

月曜日の午前。その日のスケジュールは、朝イチでハローワークに失業給付金の申請にいくこと。それからキャリアコンサルタントに転職の相談。そのふたつだけだった。

「朝日奈さん。朝日奈真由加さん」

ハローワークの二階の長椅子《ながいす》に座って、ぼんやりとネイルカラーの剝げかけた指先をみつめていた。名前を呼ばれて、あわてて立ち上がる。

私の名前が呼ばれるのを聞いて、何人かの人がこちらを向いたような気がした。カウンターの上に書類を広げて、窓口の担当者が私の顔をしげしげと眺める。私はうつむいたまま、顔を上げなかった。

「書類を拝見します。ええっと、退職の理由は……自己都合、でよろしいわけですね？」

私はうなずいた。担当者は、書類を隅々までじっくりと眺め回している。

「自己都合退職の場合は、給付金の支給が三カ月後になりますが、よろしいですか？」

重ねて訊《き》かれた。その質問に、担当者の微妙な好奇心を感じ取って、少しむっとなった。

「ええもちろん。けっこうです」

別にこそこそする必要なんかない。私はもうマスコミの人間じゃない。有名人でも芸能人でもなんでもない。正々堂々、一般市民なのだ。立派な失業者、なのだ。

なのに、逃げるようにハローワークを後にした。

ドアが閉まる直前に電車に駆けこむ。肩で息をつきながら、ふと顔を上げると、ドアの横に立つ若い男と目が合った。何ごとかを確かめるように、こちらを見ている。私はまた、うつむいてしまった。

座席横の手すりにつかまる自分の手、カラーの剝げた指先を見つめる。腕時計の針は、十一時を指している。キャリアコンサルティングの会社のアポイントは、午後一時。まだ二時間もある。

まるで時計が止まったみたいに、ありあまる時間。それなのに、ネイルサロンに行く気にもなれなかった。

「ねえねえ朝日奈ちゃん。一回だけ、一回だけだからさ」

あの運命の日。私は、「若手イケメン国会議員」栗林真治《くりばやししんじ》と食事をした。

立候補する直前からずっと彼を追いかけ、特集番組を通して親しくなっていた。栗林はたいした後ろ盾《だて》も政治理念も持ってはいなかったが、アイドル並みのルックスのよさに、私のチームのプロデューサーがいち早く目をつけたのだ。

栗林はメディアにどんどん登場して、アイドル議員になった。「おれが当選したのは東都テレビのおかげ」と彼に言わせるほど、私と私のチームは彼を全面的に後押しした。

食事の最中、「いずれは大臣をねらう」と栗林は豪語していた。顔だけで大臣になれるくらいならこの国は滅亡するでしょ、と私は心中毒づいた。このところバラエティ番組にも出て芸能人化している栗林は、すっかり調子に乗って覇者の気分に浸っている。

私にひとかたならぬ好意を抱いていることにもとっくに気づいていた。何度も執《しつ》拗《よう》な誘いを受け、なんとかかわしてきたが、いったいいつまで抗《あらが》えるのかわからなかった。

実際、栗林は魅力的な男だった。スタイルも顔もいいが、ちょっと勘違いしていい気になっているのも、なんとなくかわいい気がする。そういう馬鹿なところは、きっと私にしか見せない一面なのだ。

彼には妻がいた。もちろん、私に夫がいることもわかっている。その上、お互い公的に顔が知られている立場だ。火遊びは厳禁なのだ。それでも栗林は必死に私を口説いた。

あの夜も、「近くのホテルに部屋を取ってるから」と迫られたのだった。私は苦笑して答えた。

「一回許しちゃったら、また次も、ってなるんでしょ?」

「そんなことないよ。また次も、って言ったら、ぶん殴ったっていい。だからさ」

そのとき、一回ぐらいならいいか、という気持ちがあったのかもしれない。

だから、店を出た瞬間、振り向きざまに栗林がのしかかってくるのを、予知したかのように受け止めたのだ。

酒臭い栗林の口が、私の口をいっぱいにふさいだ。歯と歯のあいだを押し入るように舌が入ってくる。もう、抵抗できなかった。

その瞬間。真横でフラッシュが光った。あっ、と思ったときには遅かった。黒い人影は、俊敏な動物のように、またたくまに走り去ってしまっていた。

あの運命の日を境に、すべてが変わってしまった。

あれから二カ月。私はこうして、平日の午前中、電車に揺られている。

東都テレビの人気リポーター、イケメン代議士とズブズブのW不倫。

週刊誌の車内吊《づ》り広告の文字が、いまも見える気がする。そして、まわりを取り囲む白い目が、どこまでも追いかけてくるような気がする。

かつて私を取り囲んでいた人々。いつもアドバイスをくれたメインキャスター、仲のよかった女子アナ、リポーター仲間、報道局のクルースタッフ。人一倍仕事に厳しく、でもあたたかく見守ってくれていた局部長。そして、私と栗林の両方をもり立てたプロデューサー。誰もがいっせいに背中を向けた。

あれから、私の時計はずっと止まったままだ。

駅に着いて、ドアが開く。冷たい外気とともにどやどやと乗客が出入りする。私はうつむいたままで、駅のホームを改札に向かう。

「おお、すっげえいい匂《にお》い。何これ、肉じゃがとか？」

帰ってくるなり、開口一番、和真が言った。私はキッチンに立ち、振り向かずに答える。

「『じゃが』だよ」

「え？　何それ」

「肉じゃがの肉抜き。だから『じゃが』」

和真は声を上げて笑った。

「徹底してるなあ。『今日は夕食作るから』ってメールもらったとき、かなり期待が膨《ふく》らんだんだけど」

焼き魚、ひじきの煮つけ、漬物、「じゃが」。テーブルの上に並んだおかずを見渡して、和真は小学生のように目を輝かせている。

「うまそうだなあ。今日の昼飯、おにぎり一個でがまんしといてよかった」

私は思わず、ええっ、とあきれ半分の声を出した。

「ほんとに？　それだけで、この時間まで何も食べなかったの？」

「うん。だからおかわり、する」

いただきます、と両手を合わせて、すごい勢いで食べ始めた。その様子をしばらく眺めてから、私も箸《はし》を手に取る。

和真、やせたな。そう思った。

私が口うるさく「アンチメタボな食事」を忠告していることもあるだろう。ランチのダイエットも効いているんだろう。だけど、そのせいばかりじゃない。

会社で色々、言われているんだ。

和真の会社の大口媒体に東都テレビがあった。いくつもの番組のコマーシャル枠、私が出演していた番組の枠も、和真の部署が仕切っていた。和真はスポンサーと東都をつなぐ営業マンだった。けれど、あの事件があってしばらくしてから、他部署に異動になった。

もちろん、表向きは単なる人事異動だった。けれど、私の一件が影響していることはあきらかだった。

朝日奈真由加の夫。それは和真にとって、いままでは優良な営業ツールだったに違いない。けれどいまは、その逆なのだ。

あの事件があってから、離婚を持ちかけられるかもしれない、と私は思い始めていた。そうなったとしても、仕方がないことなのだ、と。

栗林に恋愛感情もなければ、特殊な関係を望んだわけでもない。けれど和真に、後ろめたい気持ちを持っていたことも事実だった。

格別な魅力があるわけでもなく、特に仲がいいわけでもなく、子供がいるわけでも、経済的にたよっているわけでもない夫。

そんな夫と、いつ別れてもいい、と思っていたのだ。私たちふたりの時計は、もうとっくに止まっているのだから。別々の時間を、生きてきたのだから。

その気持ちが私を油断させた。それが結局、騒ぎのもとになり、退職に追いこまれたのだ。

自業自得だ。

だから離婚を持ちかけられたら、応じよう、と覚悟していた。

けれど、事件発覚直後も、退職するときも、キャリアコンサルタントのもとに通い始めたときも、和真はただの一度もあの夜の出来事に関して触れようとしなかった。

和真から何か問いただされたら、そのときは包み隠さず自分の気持ちを話そう。私はずっとそう思っていたのに。

あの夜の出来事は、不可抗力だった。

けれど、ほんの少し、よこしまな気分が私にもあった。

ここのところ、あなたと結婚している意味を模索していた。

別れてもいい、と、少しまえまでは思っていた。

でも、いまは……。

「どっかの局との面接、できそうなの」

焼き魚をつつきながら、さりげなく和真が訊いた。急に声をかけられて、すぐに返事ができなかった。

「ううん。コンサルタントに相談してるとこ。お茶を飲んで息をつくと、私は返した。いくつか候補はあるけど、もう少し時間をおいたほうがいいんじゃないか、って。その……」

あんな不祥事のあとでは、そう簡単に次の職場が決まるはずがなかった。じりじりと私は焦っていた。このさき、もう二度と復帰できないかもしれない。事実、不倫事件で泥沼に落ち、表舞台から姿を消した女子アナは何人もいた。

私も、そうなってしまうのだろうか。

「おれ、ずっと言おうと思ってたことがあるんだけどさ」

ぎくりとした。

ついに、きた。

湯呑《ゆの》みを握る手が震えてしまうのを気づかれたくなくて、私は茶碗《ちゃわん》を片づけるふりをして席を立った。

「ふうん。……何？」

和真に背中を向けたまま、何気なさそうに訊いた。蛇口のレバーを押す。勢いよく水が流れ出る。

仕方ない。自業自得なんだ。

自分で起こしてしまったすべてのことを、私は引き受けるつもりでいた。そこから一歩、踏み出さなくては。

「おれは、テレビに出てた真由加より、いまの真由加のほうがずっといい」

控えめな、けれどあたたかな声が背中に響いた。私は振り向かなかった。

「ずっと思ってたんだよ。髪形もスーツもネイルも、いっつも完璧《かんぺき》で、ちっとも気が抜けないんじゃないかなあ、って。いまの真由加は、素《す》の自分に帰った。そんな気がする」

流れる水にさらされた、私の指先。すっかりカラーを落としてしまって、いまは裸の爪だ。

「言いたかったことって……そんなこと？」

やっぱり振り向かずに、もう一度尋《たず》ねた。和真がうなずくのが見える気がした。

「そう。それからもうひとつ」

ほんの少し、間があった。立ち上がる気配。耳のすぐ近くで和真の声がした。

「おかえり。ずっと、待ってたよ」

きゅっ、と音を立てて蛇口のレバーが上がった。水に濡《ぬ》れた私の両手を、大きなふたつの手が、背後から包む。

ここから一歩、踏み出そう。一緒に。

耳の奥に、そんな言葉が響いた。

長いこと止まっていたふたりの時計が、いま、ゆっくりと動き始めた。

転がる石

風水ネイル、っていうのがある。

風水では「きれいな手が幸運をつかむ」と言われているらしい。なかでも爪《つめ》は運気を呼びこむ玄関なんだと。こんな小さな身体《からだ》の一部分が、とてつもない運気を吸いこんでしまう大きなドアなんだと言われても、男の人にはぴんとこないかもしれない。

毛先やまつげや指先のような身体の先端に、最近の女子の意識は向いている。そこに占いじみたスパイスが加味されれば、食いつきは当然アップする。

「聞いてくださいよー、田渕《たぶち》さん！　このまえ田渕さんおススメの風水ネイルやってもらったでしょ？　あたし、カレができちゃったんですう」

勤め先のネイルサロンの常連客、大辻さんが、いつもの甲高《かんだか》い声をさらにオクターブ上げて報告してきた。

私はにっこり笑って、

「ほんとに？　すごいな、これで三人目だ」

と応《こた》える。テーブルの上にえくぼのあるぽっちゃりめの両手を載せて、大辻さんは「えーっまじで？」と心底驚いた様子だ。

「ここで風水ネイルやった人、みんなカレできたんですか？」

「いや、みんなじゃないですけどね。五人やったから、確率は五〇パーセント以上って感じか。ふうん……」

気を持たせる言いかたをわざとしてみた。大辻さんはわくわくしている。

「うわっ、すご。あたし田渕さんにやってもらってよかったあ。さっそくブログに書かなきゃ。友だちにも宣伝しちゃおうっと。いいですよね？」

「もちろん。どんどん宣伝お願いします。大辻さんのご紹介で風水ネイルご指定の方には、サービスしちゃいますんで」

きれいな手が、幸運をつかむ。

もしもこの仕事をやってなかったとしても、誰かにそう言われたらすなおに納得するだろう。ささくれ立ってガサガサした手よりも、百合《ゆり》のつぼみのような手がお金持ちや成功者の手に握られて幸せな人生を歩む、っていうのは、誰だって想像できる。

　そんな幸せそうな手を演出する。そのために、私はこの仕事を選んだ。

　どこかで携帯電話がにぎやかに鳴り始めた。うっとりと私に手を預けていた大辻さんが、椅子《いす》から半分腰を浮かせて言った。

「あっ、やばやば、カレかも。すいません田渕さん、バッグの中のケータイ取ってもらえます？」

　私はレオパード柄のバッグから、クリスタルの粒でデコレーションされた携帯を取り出した。フラップを開けて大辻さんの口もとに当てる。

「あ、もしもしぃ。うん、いまネイルやってるとこ。もうすぐできる。ちょっと遅れるかも。待っててね～」

　頬《ほお》をばら色に紅潮させて、甘ったるい声で話しかける。付き合い始めのカップルらしく、こうして一日に何度もメールや電話でやりとりしてるんだそうだ。

「いちばん盛り上がってるときですよねえ。ああ、うらやましいなあ」

　つい本気でうらやんでしまった。大辻さんが無邪気に返す。

「えー、田渕さんもカレいるって言ってたじゃないですかあ。長く付き合ってる人がいるって。そっちのがいいなあ。あたしたちなんてまだ一カ月ですから、このさきどうなるかわかんないしー」

私だって、付き合い始めの頃はそう思っていた。そんなに続かないかもしれない、と。

だって、私のほうがずっと強く想《おも》いすぎている。明日終わったとしても仕方がないんだ。

けっこう長く片想いしていた。それが思いがけなく実って、むしろ怖《こわ》かった。

その日最後のお客だった大辻さんを見送って、帰りじたくをする。ロッカーを開けると、バッグの中で携帯が鳴り続けている。三十秒鳴り続けて、切れた。

フラップを開けて着信履歴を確かめる。今日もまた、午前十時から三十分おきに、ロッカーの中で携帯は鳴り続けていたようだ。

電話をしてきたのは、伸司《しんじ》。

二年まえから一緒に暮らしている、彼だった。

駅の改札を出てアパートに向かう足取りは一歩ごとに重くなる。三つ目の角を曲がれば、その先に私のアパートがある。アパートの二階のいちばん東側の部屋に灯りがついていなければ、ほっとする。けれど、灯りがついていたら……。

そうっと鍵穴《かぎあな》に鍵を差しこみ、音を立てないようにドアノブを回す。息を殺したままでドアを開ける。

ガシャン！

CDがケースごと飛んできた。とっさに頭を逸《そ》らして、当たらずに済んだ。

「何やってたんだよ！　何回電話したと思ってんだ⁉」

伸司の怒鳴り声が響き渡る。私はあわてて玄関に入ると、後ろ手にドアを閉めた。

「何って……仕事に決まってるじゃない。仕事中は電話に出られないっていつも言ってるでしょ」

奥の六畳の部屋で、こちらに背を向けて伸司が座っている。テレビ画面には格闘技ゲームの毒々しい色の映像が映っている。早鐘《はやがね》を打つ心臓をどうにかなだめながら、私はそろそろとキッチンから洗面所へ移動する。

「どこ行くんだ。こっちに来いよ」

背中に目がついているように、伸司の低い声がする。私は凍りついて、ダイニングテーブルのそばに立ち止まった。

「なんで電話に出ないんだよ。お前、おれの電話がそんなに迷惑なのか」

「違うってば。手が使えないのよ。お客さんのネイルをいじってるんだから、両手がふさがってるの」

数秒の間《ま》。仲司が立ち上がった。玄関までほんの数歩を引き返すまえに、仲司が目の前に立ちふさがった。反射的にぐっと奥歯を嚙《か》む。大きくて分厚い手が頰に飛んでくる。

ばちっ、と頭の中で火花がスパークする。ダイニングチェアに向かって、私は背中から倒れこんだ。

「おれより他人の爪のほうが大事だってのか？　おれのことが好きで好きでしょうがなかったんじゃないのか、お前は？　好きだって泣きついてきたのはお前のほうだぞ！」

わめきながら、仲司は二度、三度と私の背中を蹴《け》りつけた。顔に痣《あざ》をつけられたら店に出られない。私は必死に両腕で頭を抱えこんだ。

「いいか、おれから逃げようとするな。お前の勤め先だろうが実家だろうが、追いかけていくからな。わかったか⁉」

仲司の気が済むまで、私の身体は床の上を虚《むな》しく転げ回る。奥歯をぐっと嚙みしめて、仲司の中の嵐が過ぎ去るのを待つ。

数分後、朽ちた丸太のような私の身体を仲司の両腕が抱き上げる。たくましい腕は、追い詰められた小動物のようにぶるぶると震えている。私をしっかりと抱きしめて、やがて嗚咽《おえつ》が聞こえてくる。

「ごめんな実花《みか》、ごめん。おれ、またやっちゃったよ。どうしてなんだろう、わかんないよ」

かわいそうに実花、かわいそうに。ごめんよ実花、ごめんよ。

そうつぶやきながら、私の髪に顔をうずめて涙を流す。私は目を閉じたまま、彼の硬い背中をなでて囁《ささや》き返す。

大丈夫よ伸司、大丈夫。あたしは伸司のそばにいるから。死ぬまで、ずっと。


私が伸司を知ったのは、友だちに誘われて行ったキックボクシングの試合だった。格闘技好きの女友だちが、「知り合いで、サラリーマンやりながらキックやってる選手がいるの。かっこいいよ」と誘ってくれたのだ。

生まれて初めて格闘技を生《なま》で見た。白く浮かび上がるリングの上で、ぶつかり合う肉体と飛び散る汗。いつも人の指先ばかりを眺めている私には、まったくの別世界だった。

その日、伸司は判定負けだった。気がつくと、立ち上がって思い切り拍手している自分がいた。

試合後の飲み会で会った伸司は、驚くほどシャイな人だった。友だちに囲まれてはにかんで笑う様子が、リングの上で果敢に相手に向かっていくのとギャップがあって、かえって好感を持った。その夜、私はテーブルのいちばん端から、引っこみ思案に彼を眺めるばかりで、ひと言も会話を交わさずに終わった。

あの日から、私の片想いの日々が始まったのだ。

試合には花を届け、せつない思いをメールに書いては一日何通も送った。なかなか会ってもらえず、彼の住むアパートの近くをうろうろしていたこともある。ストーカーの一歩手前になっていても、やっている本人は意識しないものなんだ、といまならわかる。

「おれ、悪い癖があるんだよ。だから、女の子と付き合うのに臆病《おくびょう》になってるんだ」

ようやく会うことがかなった夜、伸司は自分の病気のことを話し始めた。

社会人になってから、ストレスでうつ病になったという。気分の浮き沈みが激しく、ときどき自分をコントロールできなくなる。激しい思いを何かにぶつけないと、苦しくて息もできなくなる。キックボクシングを始めたのも、精神疾患のリハビリをするために医師が勧めたからだ。

「まえの彼女にもひどいことしちゃったんだ。実花ちゃんの気持ちはうれしいけど、おれと付き合ったらきっと嫌いになるよ」

過去も現状もつらい気持ちも、洗いざらい打ち明けてくれたのがうれしかった。気がつくと、私の頬は涙でぐしょぐしょになっていた。

私が唐突に泣き出したので、仲司は本気で困ってしまった。なぐさめたり、空気を和《なご》ませたりしようと必死になった。それがまたうれしくて、私はいつまでも泣きっぱなしだった。

嫌いになんか、ならない。

そばにいさせて。仲司君のそばに。病気が治るまで。治っても。ずっとそばに。

ぽつりぽつりと、そんなことを言った。私の顔を覗きこむ仲司の目も、うるんで光っていた。

店を出ると、急に仲司が唇を寄せてきた。そして涙の乾かない私のほっぺたに、チュッと音を立ててキスしてくれた。

その瞬間に、世界は変わった。

私の地軸は、仲司になった。仲司の地軸は、私になった。互いの地球を、互いが支配するようになったのだ。

「じゃあ、精神が安定するお薬と睡眠導入剤を一週間分、出しておきますね。それで様子をみてください」

物柔らかな口調で医師に告げられて、はい、と私は小さくうなずいた。初めて訪れた心療内科の先生は女性だった。首から下げたＩＤカードに、顔写真と一緒に「近藤千鶴《こんどうちづる》」の名前が見えた。近藤先生は終始あたたかく包みこむような声で、微笑《びしょう》を絶やさず、私に向き合ってくれた。最初は石のように固まってしまっていた気持ちが次第にほぐれて、いつのまにか洗いざらい、伸司のことを話していた。男性の医師だったら、何も打ち明けなかったかもしれない。この先生にならなら受け止めてもらえる。そんな気がした。

処方箋《しょほうせん》を書き終わってから、ペンを置いて先生は言った。

「あなたの場合、不安定な精神状態を改善するためには、まず環境を変えたほうがよさそうですね」

私は戸惑《とまど》いを覚えた。

「それは……具体的には、どうしたらいいんでしょうか」

先生はじっと私の目をみつめたままで、ゆっくりと答えた。

「彼と別れることなんじゃないかな」

私はうつむいた。

わかっている。そうする以外、方法はないのだ。このまま一緒にいたら、私までだめになる。事実、こうして心療内科で診察してもらわなければならないほどに、私は追い詰められていた。

けれど、どうしても別れられない。別れたら、彼はほんもののひとりぼっちになってしまうのだ。

そのときすでに伸司は会社を辞め、キックボクシングもやめて、一日中家にこもりきりの生活を送っていた。少しでも別れ話めいたことを口にすれば、手がつけられないほど暴れた。死んでやる、と包丁を取り出して、実際自分の腕を切りつけたこともあったのだ。

私と別れたら、きっと彼は本当に死んでしまうんじゃないか。

もしそうなったら、私は一生その事実を背負って生きていかなければならない。そんな勇気は、私にはなかった。

「田渕さん。『案ずるより産むが易《やす》し』ってことわざ、知ってますか?」

唐突に言われて、私は首を傾《かし》げた。先生はおだやかな微笑をたたえたままで、静かに私をみつめている。

「こんなことしたら、こうなっちゃうんじゃないか。こう言ったら、こう言い返されるんじゃないか。そう考えてなかなか行動できない。けど、思い切ってやってみれば、けっこう想像もしなかったほうに、物事っていうのは転がっていくものですよ」

そして、ふふっと笑って、

「いまのは医師としてではなく、人生の先輩の言葉として受け取ってくださいね」

そう言われて、思わず微笑した。

「転がそうとして、あたしのほうが転んじゃうかもしれない」

冗談めかして言うと、

「いいじゃないですか。転がってみれば？　気持ちいいわよ。『転がる石に苔《こけ》むさず』ってね。転がってるうちに、悪い運も落ちちゃうかも」

力の抜けた気持ちのいい言葉に、ふっと心が明るんだ。

立ち上がって一礼すると、膝《ひざ》の前に揃《そろ》えた私の手を見て、「あら、きれい」と先生がつぶやいた。

「すてきなネイルね」

「風水ネイルなんです。幸運を呼びこむ、っていう。あたし、ネイルサロンに勤めてるんです。先生も、よかったらいらしてください」

バッグからショップカードを取り出した。バッグの内ポケットでは、マナーモードの携帯がずっと震えている。

先生はカードを眺めると、微笑して、デスクの引き出しにそっと入れた。

その夜、いつものように当たり散らし、やがてしょんぼりと膝を抱える伸司に、私は声をかけた。

「コーヒーでも飲む？　少し落ち着いて話そうか」

ぴくり、と肩を震わせる。別れ話でもする気か、と再び荒れ狂うかもしれない。けれど伸司は、うなだれるだけだった。

彼を憎む感情と、いとおしむ気持ち。そのふたつが、私の中で静かに闘っていた。

思い切ってやってみれば、物事っていうのは転がっていくものですよ。

先生の言葉を思い出しながら、湯を沸かす。カップにインスタントコーヒーの粉末を入れる。それと一緒に、睡眠導入剤をふた袋、入れた。

胸の鼓動が痛いくらいに高鳴ってくる。小さく深呼吸して、私はカップを伸司に差し出した。

伸司はおとなしくコーヒーを飲んだ。

「ごめんな、実花。おれ、お前がいなくなっちゃうんじゃないかって、怖いんだ」

そうつぶやく目が、とろんとする。

「大丈夫だよ。心配しないで」

きっと私の声は、もう伸司の耳には届かなかっただろう。ベッドの脇《わき》の床の上に転がると、伸司はいびきをかき始めた。

私は立ち上がった。足先で、ちょい、と腰のあたりを押してみる。反応がない。もっと強く押す。少し蹴ってみる。まったく動かない。大きな石、みたいだ。

鏡台の前にあった赤いネイルカラーの小さな瓶《びん》を持ってきた。キャップを外して、ブラシを瓶の縁でならす。たっぷりとカラーをつけると、伸司の頬にブラシを近づける。

唇の絵を、ほっぺたに描いた。大きなキスマーク。しばらく眺めていた。笑いがこみ上げてきた。

伸司が目覚めたら、と想像する。

驚くだろう。怒るだろう。泣き叫ぶだろう。どこまでも追いかけてくるだろう。だけど、今度こそ。私は伸司に、私自身に、ちゃんと向き合うんだ。

最小限の身じたくをして、きっちりと鍵をかけ、部屋を出た。

浅い春、冷たい夜の底を、都心に向かって最終電車が走る。膝の上に両手を並べて、何があっても手入れだけは怠らなかった自分の爪、すこしかさかさした手を、つくづく眺める。いとおしむように、そっとこすってみる。
この手は、幸運をつかみそこねた手。だけどこのさき、拾えるかもしれない。
道端に転がる石、くらいなら。

いろはに、こんぺいとう

昼の休憩が終わり、午後の診察のために診察室へ向かう廊下で、白衣のポケットの中の院内ＰＨＳがブルブル震え始めた。

――またた。

少々うんざりしながら、「はい近藤です」と応対する。

『受付の東《あずま》です。ご自宅からお電話ですが……』

私は小さく息をついて、「また母でしょ？」と訊き返す。普通に話しているつもりでも、つい語気が強くなってしまうのだろうか。東さんは、なんとなく申し訳なさそうな声を出す。

『ええ、そうなんです。午前中にかかってきたときは、診察中なので緊急でない限りはお断りしていますと、いつものようにお応えしたんですが』

ここのところ頻繁《ひんぱん》に母から電話がかかってくるので、東さんにお願いしてそう伝えてもらっていた。ところが母は、『いまは昼休みでしょ、つないでちょうだい』と食い下がっているのだと言う。

「わかりました。すぐにかけ直すから、と伝えてください」

ＰＨＳを切ってから、今度はもっと大きなため息をつく。時計を見ると、午後の診察開始まであと三分しかない。急いで裏口から外へ出て、携帯電話の電源を入れる。

とたんに携帯が震え出した。液晶画面には、自宅の番号が表示されている。

もうひとつため息をつくと、「はいはい、千鶴《ちづる》です」と電話に出た。

『ちづちゃん？　お母さんだけどね、ごめんね、何度も電話しちゃって』

母のにこやかな声。こうして話していると、ごく普通の、おだやかな、品のいい老婦人としか思えない。

「どうしたの、朝ご飯のこと？」

『うん、そうなんだけど……』

母は言葉を濁す。私は暗い気持ちに引きずりこまれそうになるのに抗《あらが》いながら、ゆっくりと、できるだけ優しく声をかける。

「食べたわよ。アジの干物と、納豆と、お新香と、お味噌汁《みそしる》。お味噌汁の具は、小松菜と油揚げ」

　母は押し黙っている。ややあって、落ちこんだ声がする。

『そうだったかしらねえ。あたしは、食べてないと思うんだけど』

　ふつふつと胸の中の地熱が沸き上がってくるのに、ふたをする。

「食べたわよ」

『ううん、食べてない』

「食べた」

『そうかなあ』

「そうよ。食べたの。いい？　お母さんは、朝ご飯を、食べたの」

　はっとした。

　いちばんしてはいけないことだ。患者にこちらの意見を押しつけることなど。

「とにかく、もう午後の診療が始まるから。そっちも一時からヘルパーさん、来るんでしょ？」

　あわてて話題を逸《そ》らす。母はもごもごと何か言いたそうにしていたが、

『やっぱり、食べてない』

　ぷつっと電話を切ってしまった。

私はしばらく手の中の携帯を眺めていたが、あーあ、と大きく背伸びをした。

気分転換、気分転換。

心療内科の医師が、これしきのことで参っていたら、患者に向き合えないじゃないか。

大きくひとつ、深呼吸をすると、よし、と口の中でつぶやいて、早足で診察室に向かう。

私の母、七十五歳。

春が始まる頃から、記憶のピースをひとつ、ふたつ、失い始めていた。


母と私が暮らした期間は、私の人生のほぼ九割を占めている。

大学も自宅から通い、市内の病院の勤務医になってからも、日常生活のいっさいを母に世話になってきた。おかげで三十手前で結婚したときには、家事ができなくて苦労したものだ。それも理由のひとつだったのかもしれないが、娘の美央《みお》を産んで三年後、離婚して実家に戻ってきてしまった。母はたったひとりの孫をそれは大切に育て、美央は歪《ゆが》んだことの嫌いな、まっすぐな若木のように成長した。

四十五年の人生で、私が母と別々に暮らしたのはわずか四年。

母はいつも、勤務に学会にと忙しく動き回る私を静かに支え続けてくれた。同じく勤務医で、私が大学を卒業する頃に他界してしまった父のことをときおり引き合いに出した。

「お父さんの歩いた道を、あなたも同じように歩いていくのね」と。

お父さんのように働きすぎて、身体《からだ》を悪くしないでね。

そんなふうには一度も言われなかった。父がそうであったように、この仕事に使命感を感じて突き進んでいく私を、どこか達観しているようでもあった。

即決で結婚し、さっさと子供を産み、ぱっと離婚して帰ってきた娘を、常に微笑しながら見守っている。そんな母だった。


「ねえ、お母さん。おばあちゃん、なんか変だよ」

春一番が吹き荒れた日の夜。夕食の後片づけを母がしているあいだに、美央に引っぱられて居間へ行った。そこで開口一番、そう言われた。

「変って、何が?」

美央はもじもじしていたが、厚手のカーディガンのポケットから小さな紙袋を出して見せた。

ぽち袋だった。「お年玉　美央へ」と、達筆な文字が見える。母の字だ。

「まだお年玉あげてなかったね、ごめんね、とか言って。急にくれたの」

私は首を傾《かし》げた。

「もらったわよね？」

うん、と美央はうなずいた。

「でも、ラッキーとか思って、ついもらっちゃったの。そしたら、きのうも、今日も、まだあげてなかったわよね、って」

ポケットから、ふたつのぽち袋が出てきた。全部、「お年玉　美央へ」と書いてある。

ぎくりとした。

認知症の兆候？

「さすがに三万円はもらいすぎだなって思って……。ごめんお母さん、これ全部おばあちゃんに返して。やっぱ、もらえないよ。なんかだましてるみたいで、やだ」

心拍が急に速くなったのを気づかれたくなかった。無理に笑顔を作ると、ぽち袋を受け取って、美央の頭にぽんと手を置いた。

「ありがと、美央。正直に教えてくれて。おばあちゃんも年だからね。物忘れがひどくなったのかもね」

美央は不安そうな表情で、笑顔にはならなかった。

「それに、もっと変なことがあって」

もう一度、ぎくりとする。平静を装って、私は訊いた。

「何、どうしたの?」

美央はうつむいたままで、答えた。

「あたしのこと、『ちづちゃん』って呼ぶんだよ。『違うよ、美央だよ』って言うと、『ああ、ごめんごめん』って言って、またすぐに『ねえ、ちづちゃん』って」

幼い頃から母代わりに育ててくれたのだ。美央にとっては、私以上に母的な存在かもしれない。痛いくらいに心配しているのがわかる。

「ねえお母さん、おばあちゃんどうかしちゃったのかな?」

胸の中に砂塵《さじん》のように不安が立ち上がってくる。私はわざと明るく言った。

「大丈夫よ。年を取れば誰でもそういうことはあるの」

「おばあちゃん、病気なの? だったらお母さん、治せるよね。心の病気の先生なんでしょ?」

いや、簡単に治せる病気なんかじゃない。

投薬すれば、手術をすれば、リハビリをすれば完治する。そういうものではないのだ。

その夜から、私は密《ひそ》かに検討を始めた。

このまま母の症状が進んでいったら、どうやってケアしたらいいのか。進行を止める方法はないのか。対症療法で、効果的なものは。

医学書をめくっても、ネットで探索しても、明確な答えは得られなかった。

その間も、母の記憶のピースは、ひとつ、ふたつ、剝《は》がれて落ちていった。


四月、母の電話攻勢が始まった。ひっきりなしに病院に電話してきて、『朝ご飯食べたかしら?』『美央がいないんだけど、どこ行っちゃったのかな』と、なんでもない事柄をあれこれと並べ立てる。病院に迷惑をかけることもまずかったが、それ以上に、母をひとりにしておくと何をしでかすかわからない、と不安になった。昼からヘルパーを頼み、美央が帰ってくるまでいてもらうようにしたが、午前八時から十二時までの四時間は空白の時間だった。

この四時間のあいだに電話をかけてくる。受付に取りつがないように頼んだが限度がある。午前中もヘルパーに来てもらえるよう要請したものの、要員不足でなかなか受け入れてもらえない。途方に暮れた。

ある日の午前、受付から診察室に連絡が入った。

「お母様がお見えですが。先生にお会いしたいと」

私は驚いて、すぐに待合室へ出ていった。混雑する室内の隅っこに、母が突っ立っていた。きょろきょろと落ち着きがない。私はあわてて駆け寄った。

「どうしたの、お母さん」

私の顔を見ると、たちまち母の表情が明るんだ。

「よかった、無事だったのね」

私はきょとんとなった。母は私の両手を握ると、涙ぐんで言った。

「あなたが車で事故に遭って、相手の方にも大変なけがを負わせてしまった、って電話があって……救急の費用が五百万円必要だから、すぐに振りこめって言われたのよ」

ぎょっとした。振りこめ詐欺じゃないか。

私は母の細った両肩をつかむと、揺さぶって大声を出した。

「ちょっと、お母さん！　まさかそれで振りこんだんじゃないでしょうね⁉」

待合室の人々の視線がいっせいに集まる。が、それどころじゃなかった。

母は私に揺さぶられるままになっていたが、

「痛い、やめて、ちづちゃん」

と、か細い声を出した。

はっとして、手を離す。母は、涙ぐんだ目を私に向けた。

「そんな馬鹿なことするわけないでしょ。あなたが無事かどうか、何度こっちに電話しても取りついでくれないから、確かめにきたんじゃないの」

私は、ぽかんと母を見つめた。すんなりと、正気の母がそこにいた。

「あたしの虎の子は、ちょっとやそっとじゃ使わないわよ」

ふん、と鼻で息をつくと、母は、少してれくさそうに笑った。

「あれは、あたしの葬式代ですもの」


ケアハウスに入所する。

そう言い出したのは、母だった。

母の認知症は、驚くほどの速さで進んでいた。ゆっくりと進んでいくと踏んでいたのだが、日一日と、母はあらゆることを忘れ去っていった。

ここまでくると、もうひとりにしてはおけない。

午後勤務のみを受け入れてくれる病院に転職しようかと真剣に検討を始めた頃に、唐突に、これからはケアハウスで世話になる、と母が言い出した。

「なんだか、もうなんでも忘れちゃうのよ。だから、ずっと誰かに見ててもらったほうがいいのよ」

そんなふうに言う。私はいたたまれない思いになった。

人の心の問題に寄り添って、もう二十年以上になる。色々な症例を診《み》てきた。ときには深く個人の心の闇《やみ》に入っていかなければならないこともあった。少しずつ改善していく人々を見れば、私も何か役に立ったかな、と自分で自分を褒《ほ》めることもある。

けれど、どうだろう。私は少しでも、母のために何かしたことがあるだろうか。私はちっとも母に寄り添おうとしなかった。母が私を支え、私のために尽くすのはあたりまえだと思っていたくせに。一方的に甘え、母に依存していたのだ。

母がこうなってしまってからも、電話をかけてくる母を遠ざけて。病院に迷惑がかかる、というのは言い訳にすぎない。私自身が、面倒に巻きこまれたくなかっただけだ。

そして、母が「出ていく」と言っても、まだ仕事をあきらめられない。けれど、母を他人に預けたくもない。

苦しい思いに、私は苛《さいな》まれた。

不思議なことに、ケアハウスに入所すると自分で決めてからは、母は急に生き生きとし始めた。いくつかの施設のパンフレットを取り寄せて、楽しそうに眺めている。美央にも見せて、「遊びにきてね」などと言っている。

母は、何もかも、もうすっかり決めているようだった。

「おばあちゃん、いなくなっちゃうの」

夕食後の片づけをしていると、少し開いたドアの向こうから美央の声がする。居間で、母とパンフレットを見ているようだ。

「ううん、いなくならないよ」

母の声がする。しばらくの沈黙のあと、ぽつんとひと言、聞こえてきた。

「独立するの」

私は、洗いものの手を止めた。

「ねえ、ちづちゃん。このまえ教えてあげたゲーム、しようか」

「ちづちゃんじゃないよ。美央ちゃん」

「ああ、そうそう。ね、ゲーム。『いろはに、こんぺいとう』」

うん、と美央の楽しそうな声。

「いいよ。じゃ、美央からね。いろはに、こんぺいとう」

「こんぺいとうは、甘い」

「甘いは、キャンディ」

「キャンディ、って、なんだっけ?」

きゃはは、と美央の笑い声。

「アメだよ。飴玉《あめだま》」

「ああ、そうそう。飴玉は、甘い」

「甘いは、おばあちゃん」

「おばあちゃん、ってだあれ？」

きゃはは。

「おばあちゃんは、おばあちゃんでしょ。美央のおばあちゃん」

「ああ、そうか。おばあちゃんは、ええと、おばあちゃんは……」

おばあちゃんは、千鶴のお母さん。


いつのまにか、心の中で、そう言葉をつないでいた。

母にそっと寄り添う幼い日の私を、すぐ近くに感じながら。

誕生日の夜

帰宅して部屋の灯りをつけた瞬間、あ、そういえば、と思い出した。

今日、あたしの誕生日だったんじゃない？

目の前のくすんだ壁に貼りついたカレンダー。勤務先の病院でもらった、動物の子供シリーズだ。三匹の子ぶたが芝生の上で戯《たわむ》れている写真の下に並んだ日にちの真ん中あたりを見つめて、私は力なく息を放った。

ワンルームの部屋の中はすっかり散らかってしまっている。きのう食べたコンビニ弁当の残骸《ざんがい》、今朝食べたサンドイッチのセロファン。コーヒーカップが三つ、パン皿は四つ、テーブルの上に出しっぱなしだ。洗うのが面倒だから、ありったけの食器を使って、もうあとがなくなったところでようやく洗うことにしている。そんなふうだから、ひとり暮らしの私の部屋の匂《にお》いといえば、カップラーメンとレトルトカレーが混じったような、貧乏男子学生の部屋みたいな匂いなのだ。

そんな悪臭一歩手前の匂いの部屋でも、帰りつけばいつもはほっとする。けれど、さすがに今日は少々オチた。

そっか。あたし、三十歳になったんだ。

肩から提《さ》げていたエナメルふうのバッグを、朝起きたままの乱れたベッドの上に放り投げる。それから、小さなテーブルを占拠していた食器やプラスチックの弁当容器をごそごそと集める。洗い物がいっぱいにたまった流し台に立ち、黙々と食器を洗う。

三十歳。

本当に、いつのまにか、って感じだ。そんな年になるなんて、二十代前半にはちっとも想像できなかった。

友だちの何人かはすでに結婚して、子供が二歳くらいで、郊外にちっちゃなマンションも買って、三十五年ローンよ、だんなにがんばってもらわなくちゃ、教育費もかかるしねえ、などと愚痴《ぐち》に見せかけた幸せ自慢を頼みもしないのに聞かせる。独身の子もいるけど、仕事も恋も楽しそうで、いまが人生でいちばん楽しい、って様子。誰も年を取ることを恐れてもいないし、むしろ謳歌《おうか》している。

特に、梨花《りか》は。

その夜、私は梨花と夕食をともにした。けれど、もちろん、ワインで乾杯するでもなく、バースデーケーキやサプライズのプレゼントもなかった。

いつものように一方的に、今日ご飯しようよ、とこっちのスケジュールもおかまいなしに誘われて（おかげでいつも楽しみにしている連ドラ見逃した）、一方的にしゃべりまくられて、「じゃ、これから彼と会うから」と、一時間後にさっさと帰られてしまった。しかもきっちりワリカンで（私はビール一杯、梨花はカクテルを三杯飲んだにもかかわらず）。

ケチャップのこびりついたパン皿をごしごし洗いながら、正直、くやしかった。

ひどいなあ、梨花。今日、あたし誕生日だったのに。そんなこと、ぜんっぜん忘れてるんだから。

そう思いながら、自嘲《じちょう》する。

まあ、あたしも自分で忘れてたくらいなんだから、しょうがないか。

あたしがこの世に生まれた日。そんなの、誰にも関係ないんだ。

あたし自身にすら。

「雅代《まさよ》ってまだ派遣やってんの？」

三杯目のカクテルを頼んでから、梨花がそう訊《き》いてきた。私は一杯目のビールにちびちび口をつけながら、あーそのカクテル一杯千五百円だよ、それでもやっぱワリカンなの、と考えていたところだった。

「え？　あ、うん。そう。派遣」

私はあわてて答える。

「例の病院？　受付だっけ」

「そう」

梨花は、あはは、と冗談でも聞いたように、さもおもしろそうに笑った。

「やだあ。もう何年勤めてんのよ」

何が「やだあ」なんだ。心の中で文句をたれつつ、すなおに返答する。

「五年だけど」

あはは、ともう一度笑われる。

「勤めすぎだって。そんな地味なとこに。せめて派遣じゃなくて正社員にしてもらったら？」

それは私だって望んでいる。けれどなかなかそうはいかないから派遣会社ってものが成立するのだ。

「そんなに魅力的なの？　病院の受付業務って。それとも派遣っていうのが魅力的だったりして」

肩にふんわりとかかる見事にカールの決まったセミロングの髪。その毛先をラインストーンの輝くネイルの指でちょこちょこと触りながら続ける。

「まあ、受付も派遣も責任なさそうだもんねえ。あたしも一度、そういう立場になってみたいかも」

私は手にしていたビールグラスを口もとでぴたりと止めた。飲まずにテーブルに戻す。

私の視線はビールグラスを持ったままの自分の手の甲に注がれている。顔を上げなくても、梨花がじっとこちらを注視しているのを感じる。痛いくらいの挑発的なまなざし。

「大変なのよね、外資系企業の役員って。仕事は膨大、責任も重大、苦労も無限大」

ふふ、と自慢げな笑い声が耳に響く。

「ま、そのぶん、ステイタスも年収も増大、ってわけだけど」

自分の手もとを見つめたまま、ふうん、と私はさりげなく返す。

「いいよね、梨花は。ほんと、うらやましいな」

まあね、と軽く流してから、梨花はとどめを刺す。

「雅代もいつまでもそんなんじゃだめでしょ？　人生、負けたまんまで終わっちゃうよ」

余計なお世話だ。

そう言いたくても、口が開かない。にらみ返してやりたくても、目を上げられない。

梨花は、いまを盛りに咲き誇る花。美しく華麗で、大輪の薔薇《ばら》のような存在なのだ。

お金持ちの家庭に生まれ、名門私立大学卒、アメリカの大学でＭＢＡを取得。またたくまに人生の勝ち組階段を駆け上がっていった。三度目の転職で、新興の外資系投資会社の日本支社の取締役に大抜擢《だいばってき》。二十九歳で年収三千万、愛車はＢＭＷ５シリーズ、彼は同じく外資のエリートアメリカ人。趣味はドライブ、乗馬、高級旅館の泊まり歩き。

私にないすべてを持っている女。

そう。梨花は生まれたときから、もっとも香り高く色鮮やかな、高級な薔薇として咲く運命にあったのだ。

一方の私。普通のサラリーマンの父親とパート勤めの母のもとに生まれ、小中高一貫して地元の公立校。大学入学で上京して、以来ひとり暮らし。卒業してすぐ派遣会社に登録。受付業務を何カ所かつないで、いまの病院には五年勤続。が、転職もないから新しい出会いもなし。年収三百万、愛車は中古の自転車、二十代はずっと彼氏なし。趣味はジャンクフードを食べながら連ドラを見ること。日陰に細々と咲くペンペン草みたいだ。

梨花と私のあいだに共通するのは、女であることと、同い年なことと、同郷であるということ、くらいだ。

ここまで真逆のふたりが、どうして友人同士なのか。

梨花と私は、いわゆる「幼なじみ」なのである。

私が三歳の頃、わが家があった地域が地上げされて、びっくりするような高級マンションに生まれ変わった。ラッキーなことに、うちもその裾野《すその》に入居できたわけだ。そして、その最上階に越してきたのが梨花の一家だった。マンションのいちばん上といちばん下、階層自体もその後の運命を示しているようだったが、子供だった私たちは、そんな将来の階層のことなど考えもせずに、よく一緒に遊んで過ごした。いつも私が梨花の家に遊びにいって、同じマンションとは思えないゴージャスなインテリアに目を奪われ、広々した梨花の部屋で人形遊びやテレビゲームに熱中した。

無邪気《むじゃき》だったとはいえ、初めから私たちの役割はごく自然に決まっていたように思える。ごっこ遊びをすればいつでも梨花がお姫様や芸能人の役で、私は召使いか追っかけの役をやった。ゴージャスなインテリアに圧倒されたのか、はたまた上品な梨花のママがいつも出してくれるおいしいお菓子にほだされたのか、私はいつも進んで召使い役を演じるのだった。ゲームをすればわざと負けるし、アイドルグループの中では注意深く梨花が好きな男の子以外のいちばん地味な子を「あたしこの子がいい」と指さして見せた。

違う学校に通うようになってからも、上京してからも、社会人になってからも、私たちは友だちだった。いや、正確に言うと、いつも上位に立つ梨花に、私がつき従ってきた。

そういうのを友だち、と呼べるんだろうか。

梨花以外にも友だちはいた。梨花以外の友だちといると、自然に大口を開けて笑うことができた。けれど、梨花に対してだけ、メールでも電話でも、一緒にいればなおのこと、私は後ろに一歩下がってしまう。梨花に誘われると断れなかったし、どんなことを言われてもへらへら笑って、うんうん、と相槌《あいづち》を打ってしまうのだ。おそらく梨花にとっては毒にも薬にもならないような人間である私。そんな私と一緒にいて、いったい梨花は何が面白いんだろうか。

きっと梨花のまわりには、頭もよくて仕事もできて趣味も会話も合う人がたくさんいるだろうに。

と、やっぱりヒクツなことをつらつらと考えてしまう私。

子供の頃、誕生日会ってものがあった。どこの家でも親しい友だちを呼んでやっていたけど、私はこれをやりたくなかった。

誕生日会をやれば友だちを呼ぶことになる。そうなると、梨花を呼ばないわけにはいかない。

年に一度だけ、自分が主役になれる日。そこへ梨花が来てしまったら、私はたちまち端役《はやく》に降格してしまうのだ。

そんなわけで、小中学生時代は、家族だけで地味に誕生日を祝ってもらった。高校生になってからは、誕生日は特別な日ではなくなった。社会人になってからは、なおさらだ。

梨花は逆だった。年を取れば取るほど、パーティーは華やかに、派手になっていった。

去年なんか、グランドハイアットのフレンチダイニングを貸し切りにして盛大な会を開いたっけ。私は着ていく服もなく、行ったところで気詰まりなだけだと思い、悩んだ挙句、「せっかくだけど……」とメールで断った。

そんなふうだから出会いもないんだよ。

梨花からの返信メールには、冷たい言葉がぎっしりと詰まっていた。

だって、梨花の知り合いの華やかな人たちと出会ったところで、何の進展も期待できないし。

そんな心の中のつぶやきを、メールにして返すことはなかった。

思い出されもしなかった私の誕生日の一カ月後が、梨花の誕生日だった。いつもなら五月末にはパーティーのお誘いメールが入る。けれど今年は音沙汰《おとさた》がなかった。

どうしたんだろう、と気になった。くすんだ壁の上の子ぶたのカレンダーを眺めながら、ふいにおかしくなった。

自分の誕生日のときは、当日の夜まで気がつきもしなかったのにな。

梨花の誕生日は、三週間もまえから気を揉むなんて。

どうせ今年も去年に輪をかけて盛大にやるはずだ。だとしたら呼ばれたところで断るしかない。それに去年のこともあって、今年はリストに入れられなかったのかも、と思った。

まあ、いいか。

肩の荷が下りるかと思いきや、不思議なさびしさがあった。カクテル三杯ワリカンの夜、つまり私の誕生日から二週間経《た》っても、梨花からはなんの連絡もなかった。

いつもならどんなに忙しくても、自慢や愚痴のメールや電話が三日に一度は入る。面倒くさいな、とずっと思っていた。一〇〇パーセント自分中心の梨花の話題に、従順に相槌を打つのが私の役目。疲れるだけでなんにもいいことない、と感じていた。だから、こっちから連絡をしないのがいつのまにか自分の中の決めごとになっていた。

あたしこのさき一生、梨花から離れられないのかな。

友だちって、やっかいだ。これがオトコなら、ウマが合わなかったり嫌いになったりすれば、別れてそれっきりになる。友だちは、そうはいかない。面倒でもなんでも、友だちになったからには、よっぽどのことがない限り付き合い続けていくほかないのだ。

そのくせ、こんなに長いあいだ梨花から連絡がないと、不思議に胸騒ぎがした。具合悪いのかな。仕事が忙しすぎるんだろうか。彼と別れたのかな。実家で何かあったのかな。事故にでも遭ったとか。

悪いほうへ悪いほうへと考えてしまう。そのうち、気が気でなくなってきた。それでも向こうから連絡してくるのを待って、従順な召使いのように私は辛抱強く待った。

とうとう梨花の誕生日がきてしまった。

私は緊張してその日一日を過ごした。携帯電話は結局鳴らなかった。

あたし今日、人生でいちばん長い時間をかけて梨花のこと考え続けたな。

帰宅の道々、そう気がついた。

最初は梨花がいまどうしているか、困っているんじゃないか、ヤバいことになってるかも、と最悪のシナリオを考え続けた。それから、いままでの私たちの関係、出会ってから今日までのことを反芻《はんすう》した。色々な思い出があった。いつも後ろに一歩下がりつつも、梨花のまぶしい背中を眺めているのはそんなに嫌じゃなかった。くやしいなあ、うらやましいなあ。そんなふうに思いながらも、思い切り輝いている友を憧《あこが》れながらみつめていた。

そして、不思議なことに、こんなにふっつり連絡がなくなっても、私は信じていたのだ。

私たちが友だちでなくなることはないのだ、と。

いつものように帰宅し、灯りをつける。目の前の壁の、月が変わった子犬のカレンダー。

肩からバッグを提げたままぼんやりと眺めていると、玄関のチャイムが鳴った。心臓が止まりそうになる。

インターフォンには、見知らぬ女性の顔が映っている。

「東様《あずま》、ジューンフラワーの春日部《かすかべ》と申します。お花を届けに参りました」

ドアを開けると、いっぱいのピンクの薔薇が目の前に現れた。私が声も出せずにいると、

「ニューヨークの夏川《なつかわ》梨花様からです」

笑顔で私の腕に花束を抱かせた。

「こちらがメッセージカードです。受け取りのサイン、お願いできますか」

驚いた。

カードは梨花の手書きだった。一カ月前、つまり私の誕生日に、梨花は花束を注文していた。そしてその三日後に、ニューヨークに転勤していたのだ。

雅代へ
突然花束が届けられて、さぞやびっくりしただろうなあ（笑）。

実は会社が倒産しかけてて、テコ入れしなくちゃならなくなって……三日後に、

アメリカの本社に転勤することになりました。

今日、それを言おうと思ってた。でも、いつものことなんだけど、雅代の顔を見ると、弱音を吐いちゃダメだ、って気持ちになる。雅代だけなんだよね、私が素《す》の自分でいられる相手は。そしてそれを受け止めてくれるのは。

私はいつも雅代に甘えて、頼っていました。でもそれは、もしかするとあなたを困らせていたんじゃないかな、って、ずっと思ってた。なかなか伝えられなかったけど。

そろそろ私も、雅代から独立しなくちゃね。その上で、いつまでも友だちでいられたらな、って思います。

それから、二十七年間、てれくさくて一度もちゃんと言えなかったけど。

お誕生日おめでとう。

一カ月後の私の誕生日に、この花束が届くように手配していきます。きっとその頃には、仕事も人生も立ち直らせていられるように、決意をこめて。

梨花
PS　ちなみに海外でも携帯番号変わりませんので。たまには電話ちょうだい。

肩から提げていたエナメルふうのバッグを乱れたベッドの上に放り投げる。携帯を取り出し、梨花の番号を探す。ニューヨークって、いま何時だろう。たぶん、朝。今日が始まったばかり。

だったら、開口一番、言ってもいいよね。

ハッピー・バースデー。とうとう三十歳だよ。

梨花。あたしたち、これで同じだからね。同じスタートラインに、立ったんだからね。

メッセンジャー

ジューンフラワー　春日部《かすかべ》様
田高《たこう》です。いつもご手配、ありがとうございます。
いつものように、Y市の「オフィスキタムラ」へ花束配送お願いします。
土曜日、朝イチで。今月は何がいいでしょうか?
おススメの花、教えてください。
メッセージは、いつも通り「ごめん」で。

毎月、最終木曜日に入るメールのオーダー。C市在住の田高さんからだ。私はパソコンから顔を上げて、狭い店内で花束作りに奮闘中の亜美《あみ》ちゃんに声をかける。

「亜美ちゃん、明日何が入るかな？」

「アザミが入りますよ。ホタルブクロとか」

私は立ち上がって、店の奥にある六畳の事務所から出てきた。

「そんな地味なのじゃダメ。田高さんのオーダーなんだから」

「ああ。『Mr.ゴメン』ですか」

亜美ちゃんは手を止めて、いたずらっぽい目をこっちに向ける。

「あやまり続けてかれこれ半年ですね。毎月最終土曜日に、『ごめん』のメッセージとともに季節の花束。あでやかに、にぎやかに、思いっ切りぱあっとしたのを、朝イチで配達。ですよね？」

私は、「こら」とちょっと怖《こわ》い顔を作る。

「そんなこと言うもんじゃないの。常連のお客様なんだから」

「そりゃそうですけど。あたしが花を贈られる立場だったら、いいかげんうんざりだなあ。毎月毎月、ごめんごめん、って。自分で言いにこいっつうの」

「それができない人がいるから、うちのビジネスが成り立ってるんでしょ。文句言わないで、花選んで。すぐメール返さなくちゃならないんだから」

「はいはい。了解でえす」

田高さん依頼の花束の内容をふたりで急いで決めた。ガーベラを中心に、ユーカリや大ぶりの葉でビタミンカラーを引き立てる。亜美ちゃんが簡単なスケッチを描いてくれた。

「いいね。これでいこう」

すぐに事務所に戻ってメールの返信を書く。亜美ちゃんが顔を覗かせた。

「じゃ、あたし今日の配達いってきますんで」

午前中に作ってあった小さめの花束をふたつ、カゴに入れて提《さ》げている。

「M区の斉藤さんと、S区の畠山さんです」

「頼んだわよ。念のためメッセージ復唱してみて」

亜美ちゃんは、カゴからひとつ、花束を出して、私に差し出しながら言う。

「『ハッピー・バースデー、ママ。いつまでもきれいで、すてきなママでいてね。リョウコより』」

もうひとつの花束を取り出して、また差し出す。

「『がんばったね、サトミ。これ、自分へのご褒美《ほうび》。サトミ、サイコー！　サトミより』」

サイコー！　のところで両手をバンザイしたので、思わず噴《ふ》き出してしまった。

「いいよ、亜美ちゃん。サイコー」

「でしょ？　んじゃ、いってきまあす」

カゴを揺らして、初夏の日射しの中へと足早《あしばや》に出ていった。

ホットな気持ちを伝えるフラワーメッセンジャー。
季節の花束と心のこもった言葉を、あなたに代わってお届けします。

そんなキャッチコピーで、ホームページを開設したのが一年まえ。こんなサービス、ウケるかなあ、と自分でも半信半疑だったが、思いのほかアクセスがあり、いまでは私を入れて三人のスタッフがフル稼働《かどう》で、一日十件ほどの依頼を引き受けている。

花の宅配なんてどこにでもある。でも、花を贈るのってすごく特別なことだ。その特別感をもっと演出できないか、と「メッセンジャーサービス」を思いついた。

細々と町の花屋さんを経営してきた父が他界して、あとに残されたのは古ぼけた小さな自宅兼店舗と、信用金庫から借り入れた運転資金だった。いつまでも悲しんではいられない、と一念発起、このサービスを開始した。

花束にカードのメッセージをつけるのは普通のことだ。うちでももちろん、カードをつけるサービスはしている。でも、うちの「メッセンジャーサービス」には、オプションで特別なサービスがある。配達するメッセンジャーが、花束を渡しながら依頼主の言葉を口頭で伝えるのだ。

スタッフは、演劇経験のある亜美ちゃんとえりかちゃん。実は私も、大学時代は演劇部に所属していた(制作担当だったけど)。おおげさすぎず、かといって事務的すぎないメッセージの伝えかたを日々研究して、今日にいたる。

特に多い依頼は誕生日、結婚記念日。男性から、女性へ。普段はなかなか言えない言葉を代弁する。もちろん、いちばん多いのは「愛してるよ」。日本男子は、やっぱりまだまだシャイなのだ。メッセンジャーが女性スタッフであるところもウケている。贈り主のほうは見ず知らずの男に愛の告白をゆだねるわけにはいかないし、贈られたほうだって、玄関先で花束を渡されながらそんなことを見知らぬ男に言われれば、なんだか気持ちが悪いだろう。

「キョウコさん、愛しています。いつまでも君だけを。リョウタより」

そんなふうにやわらかな声で語りかけつつ花束を渡せば、十人のうち八人は涙ぐむ。感極まって抱きつかれたこともある。無言で家の中に引っこんでしまう人もいる。贈る側、贈られる側、色々な人間模様がある。

届けた際《さい》のリアクションは、できるだけ克明《こくめい》に、けれど依頼主の気分を害さないように、メールでレポートする。「配達完了しました」なんてそっけないメールを依頼主は期待していない。花と言葉を相手がどう受け取ったのか。そこのところこそ知りたいのだ。

涙しておられました。黙ってうつむいていらっしゃいました。その場面を想像して、依頼主はほくそえんだり、ちょっとがっくりしたりすることだろう。

告白したり、ねぎらったり、祝ったり、あやまったり。

喜んだり、感動したり、ちょっとすねてしまったり。

メッセンジャーになって花と言葉を届けるたびに、人間ってなんだかかわいいな、と思う。


田高さんからの最初の依頼を受けてメッセンジャーになったのは、私だった。

メッセージはたったひと言、「ごめん」だった。依頼主の名前も名乗る必要はない、という。

その代わり、申し訳ないのですが、ちょっとだけ頭を下げてください。そうしてくださったら、追加料金をお支払いします。

田高さんはメールにそう書いてきた。よっぽどひどいことをしたのかなあ、と想像しながら、最初に届けたのはお決まりの薔薇《ばら》の花束だった。

土曜の朝、電車に揺られてY市まで出かけていく。事前に贈る相手に電話連絡するかサプライズにするかも、依頼主は選ぶことができた。田高さんは、サプライズを選んだ。

小さなアパートの二階。吹きさらしの廊下に面した古ぼけたドアに「オフィスキタムラ」と表札が出ている。インターフォンはない。私は呼吸を整えて、コン、コン、と二回、正確にノックをした。

「はあい」

明るい声がして、なんの確認もなく、いきなりがばっとドアが開いた。その勢いで、私は鼻先をドアにぶつけてしまった。

「あたた……っと、あの、すみません。北村様、『ジューンフラワー』の春日部と申します。お花のお届けに上がりました」

不審がられないように、何があっても最初に名乗るのが鉄則だ。私は鼻を押さえながら、なんとか名乗った。

「あらっ。ごめんなさい、ぶつけちゃった!?」

赤っぽいロングヘアの巻き毛を揺らして、女性が素《す》っ頓狂《とんきよう》な声を出した。フリル付きのキャミにミニスカートをはいているが、四十代前半だろう。かなりの若作りだ。

た。

「大変。鼻血出てる。ちょっと待って、ティッシュティッシュ」

あわただしく部屋の中へ引っこむと、ティッシュの箱と消毒薬を持って出てきた。

「いえ、大丈夫です」

私はつい、苦笑した。

「いやあの……そんなことよりこの花束と、メッセージが……」

「ほらほら、早く拭いて。まだ出てるわよ。中に入って」

配達先の敷居《しきい》は、決してまたぐべからず。これも鉄則だ。

「いえいえ、そういうわけには」

早くメッセージを伝えなければ。でも、この状況じゃ、「ごめん」って頭下げたって……。

「とにかく入って。ね。あ、あたしいま、朝ご飯中だったんだけど。あなたもいかが？　アイスコーヒー、お好き？」

結局、入ってしまった。

鼻の穴にティッシュの切れ端を突っこんで、薔薇の花束を抱え、小さなダイニングテーブルの前に座っている私。

これ以上ありえないほどなさけない場面に、初めて私は泣きたくなった。

「はい、どうぞ。トースト。チーズのせる？」

女性――北村さん――は、にこやかに皿を差し出した。私はぺこり、と頭を下げて、

「ごめんなさ……」

言いかけて、はっとした。

しまった。こんな状況でメッセージを伝えるなんて、依頼主の本意じゃない。

「あなたがあやまることないでしょ。悪いのはこっちよ、ごめんなさい」

北村さんが、ぺこりと頭を下げた。

うわ、どうしよう。逆にあやまられてしまった。

「それで、どういうご用事？」

ドアをノックしてから、三十分以上経過していた。そこでようやく、私は立ち上がって、花束を両手で差し出した。

「ごめんっ」

ひと言叫んで、ぺこりと頭を下げた。北村さんは、目をぱちくりさせている。

そりゃそうだろう。週末の朝っぱらから、鼻の穴にティッシュを突っこんだ若い女に薔薇の花束を突きつけられて「ごめん」と頭を下げられたのだ。私だったら、警察を呼ぶかもしれない。

ハトが豆デッポウを食らったような顔がいつまでも変わらないので、私はついにサービスの掟《おきて》を破った。自分がここに来た理由を、依頼主に断りなく説明したのだ。

「あ、あの……実は、とある方からご依頼がありまして。この花束をお渡しして、『ごめん』とひと言、伝えてほしいと」

北村さんの表情が、みるみる変わった。戸惑うような、困惑するような、泣き出す寸前のような顔。ようやく花束を受け取ると、「そう」と短くつぶやいた。

「ご依頼された方は……」

白状しかけると、北村さんが「いいの」と制した。

「わかってる」

さびしそうに、微笑《ほほえ》んだ。

結局私は、チーズトーストとアイスコーヒー、ゆで卵にサラダまでごちそうになり、北村さんが手がけているというベビー服のデザインの話をひとしきり聞かされて、昼まえにアパートを辞した。

それから、毎月最終土曜日、私は「オフィスキタムラ」を訪ねるようになった。

旬《しゅん》の花束と、「ごめん」のひと言を携《たずさ》えて。

北村さんのリアクションは、次第に変化していった。最初は「えー、また？」とあきれた感じ。次には「嘘《うそ》でしょ」と信じられない様子。「まだあやまってんの」とふくれたり、「もういいってば」と笑われたり。そのつど、私はていねいに田高さんに報告した。もっとも、訪問のたびに「寄っていって」と熱心に誘われ、ひとしきりおしゃべりに付き合わされていることは、いっさい話さなかったが。

報告のメールを送ったあとには、「ありがとうございました」と、ひと言だけの返信がくる。それで、その月の依頼は終了だった。

北村さんは明るくて、にぎやかで、かなりおっちょこちょいで、憎めないタイプの人だった。こういう人が奥さんだったりお母さんだったりしたら、きっとあったかくて楽しい家庭だろうなあ、と想像できた。ひとり暮らしの部屋は、いつもレースやらビーズやら、ベビー服のサンプルを作るためのかわいらしい素材であふれている。1DKの狭い空間は、けれどなんだか落ち着くのだった。

いつしか私は、子供の頃に他界した母の面影《おもかげ》を彼女に見るようになっていた。ほとんど記憶に残っていないけれど、明るくて、にぎやかで、おっちょこちょいな人、だったような気がする。

家族はいないのか訊《き》いてみたい気もしたが、一度もその話題にはならなかった。

北村さんは、ときおり何かの拍子《ひょうし》にさびしそうに笑うことがあった。もちろん、その理由を訊くわけにはいかなかったが。

田高さんの「ごめん」依頼が十回目を数えた日。いつものように訪ねていった北村さんの部屋のドアは、開かなかった。

隣の部屋、「ヨシザワ」と厚紙に太字のペンで書いた表札が貼ってあるドアをノックする。メガネをかけてめちゃくちゃなパーマをかけた若い女性が「はい？」と顔を出した。

「あの、すみません。お隣の北村さんは……」

「あ、先週引っ越しましたよ。わかんないけど、たぶん」

そう言って、私の鼻先でドアをばたん、と閉めた。

そんな。

友だちが突然転校してしまった小学生のように、私は肩を落とした。渡せなかった花束を抱いたまま、電車に乗りこむ。

田高さんに、なんて伝えよう。

暗い気持ちで店へ帰った。とりあえずパソコンの前に座る。メールボックスに新規依頼が届いている。ため息をつきながら、ひとつひとつ開けていくうちに、「あ」と小さく叫んで手を止めた。

「メッセージの依頼　北村より」

私は前のめりになって、あわててメールを開けた。

ジューンフラワー　春日部様

突然引っ越しちゃってごめんなさい。これからさきは、もう受け取るまいと決めました。田高から毎月届く花束を。そして、「ごめん」のひと言を。

彼、私の元夫なんです。すごーく大好きだった人。私たちふたりとも、子供が大好きで、自分たちの子供に着せるつもりでベビー服のブランドを立ち上げたんです。結局、かなわない夢だったんだけど。私はあの人とふたりでいられるだけでも十分幸せだった。

でも、一年ほどまえに告げられたんです。「子供ができた」って。彼女が、いたのね。その人に、赤ちゃんが宿《やど》った。だから、別れてくれって。怒りました。泣きました。死のうかとも思った。でも、生まれてくる子供には、罪はないでしょ。とうとう私、あきらめました。

ひとり暮らしを始めてすぐ、花束と「ごめん」の言葉が届くようになったの。最初は、彼の真意《しんい》を測りかねました。まだ私のことを好きなのか、よりを戻したいと思っているのか、単なるパフォーマンスなのか……花束を受け取るたびに、「もしかしたら」と淡い期待を寄せてしまっていました。いつか、あなたがやって来なくなる日がくるのが怖かった。

でもね、気がついたの。このままじゃ、私はこのさき一生、あの人から独立できずに、ずるずると思いを引きずってしまうかもしれない、って。本当に独り立ちするなら、いましかない、って。そう、あの人の子供が生まれたはずの、いま。だから、私の独立を記念して、あの人に花束を贈ります。

小さなビルの一階、「ベビー服のタコウ」の受付。内線電話の受話器を取って、鳴らす。

「田高社長はいらっしゃいますか。一時にお約束いただいております、『ジューンフラワー』の春日部です」

『お待ちしておりました。二階へどうぞ』

エレベーターに乗りこんで、呼吸を整える。私の腕には、小さな黄色いひまわりの花束が抱かれている。子供たちの笑顔のような花束を差し出しながら、せいいっぱいの気持ちをこめて。このひと言を、伝えなくちゃ。

もう「ごめん」はいらない。
幸せになろうね。それぞれに。

バーバーみらい

なんだろうなあ、あの灯り。

そんなに遠くもない、でもすごく近くでもないところで、チカリ、チカリと点滅している。

あたしは、仕事場の窓から充血気味の目でときおりそれを眺めている。

あたしの住居兼仕事場は、東京郊外のY市のド外れ、最寄《もよ》り駅からバスで十五分、バス停からまた歩いて十分、関東平野を見渡す高台にぽつりと立つ、木造二階建てのアパートだ。近所にあるものといえば、草ぼうぼうの畑と、どっからどう見ても人が住んでなさそうな寺と、墓地。まさに、人生の吹き溜《だ》まりみたいな場所だ。

なんでそんなところに、あたしが住んでいるか。

そういうところのほうが、あたしの仕事には似合いだからだ。まあ、いまあたしがやっていることを仕事と呼ぶかどうかは自分でも判断つかないが、とりあえず「仕事」ということにしておく。だってほかに何をしているわけでもないし、実際、それによってどうにか収入を得て、こうして生き延びているわけだから。

あたしの仕事。それは、マンガの同人誌にマンガを投稿することだ。

あたしはこの部屋に寝起きして、起きてれば描《か》いているか、描いてなければ寝てるか、そんな生活をここ何年も送っている。出かけていくのは三日に一回、徒歩十分のコンビニまで。あとは年数回、同人同士で開催する同人誌マーケットへ。都心に出るのはこのときばかりで、それ以外は電車も使わない。だからどんなに駅が遠くても、別に困りはしないのだ。

こんな仕事をするようになってから、人にあまり会わなくなった。同人誌仲間はいるけど、みんな似たような性質で、お互い生身丸腰だと会えない。マーケットのような「ハレ」の日に、思いっきりコスプレして、別人格になって会わないと不安なのだ。

あたしはというと、絵を描く以外はすべてにおいて面倒くさがりなので、コスプレもあまり好きじゃなかった。ただひたすら自分の世界に没頭して、ひたすらそれを紙の上に構築するのが好きなのだ。最近はパソコンでマンガを描く仲間も多くなったけど、あたしはあくまでも紙とペン。それで深遠な宇宙空間をこつこつと描くのがあたしの仕事。

「ヨシザワ氏って、ストイックっすよね。そこがいいんですわ～カリスマげで」

コスプレしない丸腰で同人誌売り場に立てば、そんなふうに仲間に言われる。

「でも、ヨシザワ氏、地のままでもイケますよね。『小池さん』として」

そんなふうに言われたこともある。「小池さん」というのは、『オバケのQ太郎』に出てくる、ラーメンばっかり食べてるあの小池さんのことだ。そのくらいあたしの髪の毛はもじゃもじゃだった。天然パーマでどうにもならない上にいっさい手入れなんてしないから、ナチュラルアフロ状態なのだ。そして実際に主食はインスタントラーメンだった。

ストイックなSFモノのマンガを、裏に墓地のあるアパートの一室で描き続ける女小池さん。

自分の状況を客観的に表現してみると、かなりなさけない。

でも、ま。いいんだ。あたしには、こんな生き方しかできないんだから。

高校卒業して、上京して、誰にもたよらずにいつかメジャーデビューしてやる、と意地になって描き続けて、もう七年も経《た》ってしまった。最低限、同人誌の売り上げだけで暮らせるようにはなった。カリスマとも呼ばれ、ファンだってけっこういる。


だけど、いまよりもっと上にはどうしても行けない。こんなもんかな、とあきらめつつある。このさきの人生、劇的に何かが変わる予感もしない。

原稿の上に注いでいた視線を、ときおり目の前の窓の向こうに向ける。

なんの面白みもない夕暮れ。地味な郊外の風景が広がっている。空っぽの空を、
カラスがカアカア鳴きながら飛んでいく。

チカリ、チカリと点滅する灯り。もう長いことあの場所で光っている。それを確かめてから、もう一度、原稿に向き直る。


いったいなんだ？　あのチカチカ光っているのは。

ああ……あれは、おれの故郷の星が発している微量の電波を受信して、自動発光する装置《デヴァイス》なんだ。

って、お前の故郷……超惑星ＳＳγ《エスエスガンマ》Ⅱは、二千六百万光年も離れてるんだろ？

それを受信できるのか、あのちっぽけなデヴァイスが……？

「あの光が途切れたとき……そのときが……おれの故郷の……消滅の……瞬間なんだ……」

新作のネームを作っていた。

発表するたび反響が大きくなっているシリーズ『おれの故郷《ほし》』。すでに何社かから「出版しないか」と話を持ちかけられていたが、断り続けていた。だめなのだ、中堅出版社では。K社とかS社とか、メジャーな出版社のメジャーなマンガ誌でデビューしなければ意味がないのだ。

「あーつっかれたあ。休憩しよ」

声に出して言って、あたしは台所へ行った。カップラーメンにお湯を注ぐ。机に戻ってきて、ふたを開けて食べ始めようとしたとき、窓の外の風景に異変を感じた。

光ってない。

下界（高台の下の町をあたしはそう呼んでいた）の路地裏のとある場所で、いつも同じようにチカリ、チカリと光っていたあの灯りが見えなくなっていた。カップラーメンを作る直前までは、いつも通り光っていたのに。

故郷の、消滅の、瞬間。

ついさっき、自分で書いたネームが頭に浮かんだ。あたしはラーメンをほったらかしにして、サンダルをつっかけて外へ出た。

どのへんだろう。コンビニとは反対方向だ。毎日眺めているにもかかわらず、足を踏み入れたことのない「下界」にあたしは下りていった。

あたしの故郷は雪国のY市、財政破たんしている町だ。まさに消滅へのカウントダウンを国から正式に宣告されてしまった町なのだ。細々と農業を営んでいる両親と妹は健在だ。ついこのまえも、特産品のメロンが五個も入った宅配便を送ってきた。だから少なくとも、うちの家族は安泰なはずだ。大丈夫なのだ。

そう思いながらも、なぜだか胸騒ぎがする。

たいした目標物もない街並みだ。あたしはたちまち迷ってしまった。だいいち、何が光っていたのかもわからない。それがなくなってしまったら、いっそうどこに何があったのかもわからない。

と、古ぼけた家屋が立ち並ぶ路地の向こうの角で、チカリ、チカリと光り始めたものがある。

あ。あれだ。

あたしは急いで走っていった。そして、奇妙に点滅する発光体の正体を知って、一気に脱力した。

それは、古ぼけた理髪店のサインだった。赤と青と白のぐるぐる回るポールのような、あれだ。それが回らずに、静止したまま、ただチカリ、チカリと光っている。かなり拍子抜けする間の空きかたで。

これが、二千六百万光年彼方《かなた》の惑星の電波を受信するデヴァイス……。

理髪店の大きなウィンドウには、あきらかに手書きで「バーバーみらい」と白ペンキの文字がある。そのおおげさなネーミングをみつけて、あたしは思わずぷっと噴き出した。

ふと、窓の中の顔がこっちを向いていることに気づいて、ぎょっとなった。

あたしをじっと見つめている、小さな窪《くぼ》んだ目。白髪で短髪の、白衣を着たおばさん――いや、おばあさんだ。

人と目を合わせるのが苦手なあたしは、すぐに目を逸《そ》らしてその場を立ち去ろうとした。

「ちょっと待った。あんた、さっきなんかうちの店のこと、笑っただろ」

背中で大声がした。あたしは飛び上がりそうになって、振り向いた。

おばあさんが道の真ん中に立ってこっちを見ている。店のいちばん奥にいたのに、瞬間移動したかってくらい素早い動きだ。

「あーいえその……思い出し笑いです、すみません」

適当なことを言ったが、それでもあたしは一応、あやまった。

「なんであやまんのよ。思い出し笑いならあやまるこたあないでしょ」

うっ。なんだこの人、ヘリクツばあちゃんか。

「ちょっとこっちおいで」

いたずらっ子を叱《しか》る態勢で、おばあさんが手招きをする。あたしはスタコラ逃げモードになった。


「いえ、いえいえいえ。あのあたし、忙しいんで帰ります。じゃ」

「いいからおいで。ちょっと気になることがあるから」

へ？　となっているあたしのところへ、おばあさんは瞬間移動すると、ぐいっと手首をつかんで引っぱり始めた。あたしは口をぽかんと開けたまま、為《な》す術《すべ》もなく、あっというまに店の中に連れこまれてしまった。

「座って」と、おんぼろの椅子《いす》を勧められる。ビニール張りで、スコスコスコ、と足でレバーを踏むと高くなる、あれだ。

「いや。いやいやいや、あの、あたし……」と、わりと露骨に拒否したが、またもやストン、と座らされてしまった。たちまち首回りに白いタオルが巻かれる。おばあさんは、カミソリを取り出して、シャカシャカシャカシャカと研《と》ぎ始めた。

あわわ、とあたしは立ち上がってバランスを崩した。

「何もあわてなくていいよ。じっとして」

またたくまに、顔中に泡立てられる。もう、こうなってはまな板の上のコイだ。カミソリが近づく。あたしはぎゅっと目を閉じた。

ショリショリショリショリ。しばらくして、心地のいい音がし始めた。なんだろう。あたし、顔……剃《そ》られてる？

ひんやりとなめらかな刃が、頬《ほお》を、額を滑っていく。せっけんのいい香り。おばあさんの指が、リズミカルに、的確に、あたしの顔の上で躍っている。

あたしはいつの間にか、夢の中にいるみたいに、ふんわりと宙に浮いている。

ああ……気持ちいい。どのくらいぶりだろう、人の指が、顔に触れたのなんて。ずっと昔、母親の膝枕《ひざまくら》で……耳かきしてもらったとき以来だろうか。

「さあ、できた。見てごらんよ、べっぴんさん」

ゆっくりと、背もたれが起き上がる。目の前の鏡に、目覚めたばかりの仔鹿《こじか》のように、さっぱりと無垢《むく》なあたしがいた。

「ずいぶんうぶ毛が生えてるな、ってね。あんたが店の前からこっち見てたとき、気になっちゃって。職業病だね」

カミソリを洗いながら、おばあさんは笑って言った。あたしはつい、「気持ちよかった……」とつぶやいてしまった。ほんとに、思わず、って感じで。

「おいくらですか」

と言ってから、あっ、と思い出した。飛び出してきたので、財布なんか持ってない。もじもじしていると、「いいんだよ」と言う。

「ほんとはね。孫が帰ってきたかと思ったの。あんたみたいな、もじゃもじゃ頭のかわいこちゃん」

そう言って、もう一度笑った。

バーバーみらい。おばあさんの名前「美蕾《みらい》」を、死んだ夫が店の名前につけたのだ、と教えてくれた。チカチカ点滅するサインの電球は、「面倒くさいから、五年くらいまえから換えてない」という。

あれが切れたら、それを潮《しお》に、いよいよ店をたたむんだ。

明るい未来の話でもするみたいに、みらいさんはまた、くったくなく笑った。

それから、あたしは毎日、朝いちばんで確かめるようになった。窓の外にみらいさんのサインが光っているかどうか。

切れかけた電球っていうのは、こんなにもしぶとく切れないものなのか。そう感心するくらい、サインは毎朝立派に点滅していた。それを目標に、なんとなく、あたしはほぼ毎日「下界」へ下りていくようになった。

みらいさんの「顔剃り」は、まったく虜《とりこ》になるくらい芸術的だった。それよりも、他人の指が自分の顔に触れる不思議があたしには面白かった。「もう剃る毛がないよ」と言われても、あたしは三日に一度、みらいさんに顔剃りしてもらうようになった。

「あんたの髪。あたしに任せてくれないかい？」

あるとき、みらいさんはそう言い出した。まだ返事もしないうちから、シャンプー台にさっさと頭を沈められてしまった。

「あたし超剛毛だよみらいさん。しかもハンパじゃない天パーだし」

頭じゅう泡立てられながら、目を閉じてあたしは言った。

「わかってるって」

みらいさんのおだやかな声が耳もとに響く。あたしはうっとりと頭を預けた。さくさくと髪のあいだを行き来する指がなんとも気持ちいい。いつのまにか眠ってしまったくらいだ。

「はい、完成」

鏡の中のあたしは、おでこの上まで前髪を短く切って、襟足《えりあし》に短いカールがちょこっとかかった、雨上がりのようなさわやかな娘に仕上がっていた。

「やっぱりね。そっくりだ」

みらいさんは、言った。

「お孫さん……かこちゃんに？」

マンガのような話だが、みらいさんの娘さんはきょう、孫娘はかことという名前なのだった。若いほど時系列が遡《さかのぼ》っているところがかなり絶妙だ。あたしが興味を示したこともあって、みらいさんはかこちゃんの話をあれこれしてくれた。

娘のきょうさんは、離婚してかこちゃんを連れて実家に戻ってきた。そして、再婚するためにまた出ていった。かこちゃんをみらいさんに託して。

かこちゃんは絵が得意でマンガを描くのが大好きだった。なかなか意地っ張りな彼女は、弱音を吐かないし、絶対に泣かない。みらいさんの前でも、ずっと突っぱっていた。そしてあるとき、ふと出ていってしまった。

マンガを描いて出世して、いつかおばあちゃんの店を百倍大きくしてあげるから。そう言い残して。

出ていってから、五年。一度も、帰ってこない。

「あんた、そのマンガの即売会とかで、うちの孫に会ったことないの？」

みらいさんに訊かれたが、本名でマンガを描いている人のほうが希少なくらいだ。戸村かこ、という名前は、メジャーでも同人でも記憶になかった。

「もうすぐ帰ってくるよ、きっと。マンガは当たれば即ミリオネアだからね」

気休めとわかっていても、あたしはそんなふうに言わずにいられなかった。かこちゃんの話をするとき、みらいさんの表情は少し歪《ゆが》んで、うれしそうにもさびしそうにも、ときどき泣き出しそうにも見えた。

「まあ、あのチカチカが切れるまでに帰ってきてくれるといいけどね。あれが切れたら、あたしももうおしまいだから」

あいかわらず、そんな願掛けじみたことを言うのだった。そして、くるくるのショートカットのあたしの頭をなでて、

「この店、もうたたもうと本気で思ってたんだよ。あの日、あんたが来るほんの十分まえまで。あのとき、一回チカチカ、切れたからね。あんたが来たら、また点《つ》いたんだ」

面白そうに笑った。

翌日、仕事場の窓から見た下界に、チカチカが見えなくなっていた。

電球が切れたのではなかった。みらいさんが、自分でプラグを抜いたのだ。電球が切れてしまうまえに。

閉店の日、あたしは「バーバーみらい」を訪れた。お客はその日、あたしひとり、だった。

流行遅れのスーツを着ていった。上京するとき、母が贈ってくれたやつ。あたし

の姿を見ると、みらいさんはまぶしそうなまなざしになった。

肌の上を往復するカミソリとみらいさんの指。しゃべってはいけないとわかっていながら、あたしは口を開いた。

「ねえみらいさん。マンガ、描いていい？」

「なんであたしに訊くんだよ」と、やわらかい声がする。

「『バーバーみらい』ってタイトルだから。そこの女主人と、マンガ家の卵の女の子の話」

くすっ、とささやかな笑い声。

「どっかで聞いた話だね」

「そう。その女主人に出会ったことで、女の子の心のドアが開く。いままですべてだと思っていた自分の殻から出て、きらきらした世界を呼吸する。それで、彼女は……」

そこまで言って、あたしはぎりぎり、涙声になってしまうのを堪《こら》えた。

「彼女は、生まれ変わる。みらいさんに、感謝する」

ありがとう、とあたしの口は、ごく自然に動いていた。

ぽつん、と温かいものがおでこに落ちてきた。あたしは目を閉じたまま、それを受け止めた。

『バーバーみらい』。
この夏、出版される。いちばんさきに、みらいさんに見せようと思う。

この地面から

生きがい、なんていう言葉、この人生で一度も使ったことがない。漠然《ばくぜん》とした意味は知っているけど、どういう場面で、どういうふうに使うのか、さっぱりわからない。

それをあっさり、あたしの「ケータイ掲示板」に書きこんでくるやつがいた。

どもおじゃまします。はじめましてクズといいます。カコさんの生きがいってなに？

退屈な日常のひまつぶしで、日記ふうというかつぶやきふうに、あたしは毎日毎日「掲示板」にひとり言を書きこんでいた。ほとんど誰からも書きこみなんかないが、ごくたまに、あちこちの掲示板をうろうろしている誰かが迷いこんでくることがある。

そんなとき、反射的にあたしは獲物をみつけたハンターのようになる。といってもいきなり鉄砲でバン！　とかじゃなく、あくまでもユルく優しく、そおっとそおっと近づいていく。

どもども☆クズさんはじめましてカコです。カキコありがと3です。生きがい？　いきなりですね～w　そうだなあ生きがいってなんだろ？　うちの場合やっぱマンガですかね？　てかやっぱケータイかな？　クズさんは好きなマンガとかありますか？　よかったら教えてください。ちなみにうちは読むほうじゃなくて描くほうです。

自分の掲示板に誰かの書きこみを発見したら、二十秒以内にレスを書く。それがあたしのルール。ただでさえ気まぐれな連中なのだから、即レスしとかないとすぐ逃げられてしまう。

そのときも、あたしは「生きがい」といきなり切りこんできたハンドルネーム

「クズ」を逃《のが》すまいと、百五十文字を二十秒で打ちこんだ。

へえマンガ描いてるンすか？　特技があっていいですね　でもって生きがいってゆうくらいだからかなりのもんなんでしょうね～　どっかのマンガ賞とか応募したりするんでしょうね。まあがんばってください

冷たい文面。別に中傷しているわけでもなんでもないが、突き放しているのがわかる。わずか一往復のやりとりで、あたしに対して急速に興味を失っているのだ。急に焦りを覚えて、さらに加速してレスを打つ。

描いてるっていっても趣味程度ですよ～　まだまだ生きがいとかいえるレベルじゃないし（苦笑）マンガ賞応募したことあるけどぜんぶスべったしw　甘くないすよ～　生きがいはやっぱケータイ！　ところでクズさんの生きがいは？

それっきり、レスはこなかった。
あたしはまたひとりっきり、壁にもたれて、静まり返ったケータイの画面を眺めている。

　真夜中のアパートの一室。テレビの深夜番組のお笑い芸人のしゃべくり、ＦＭラジオから流れてくるケツメイシの歌。あたしは無音が怖《こわ》い。だからこの部屋にいる限り、ひと晩中、テレビとラジオをつけっぱなしにしている。

　どうしようもなく眠い。それなのに、身体《からだ》はずっと覚醒《かくせい》していて眠れない。手はずっとケータイを握りしめ、目はずっと小さな画面を追いかけている。

　もうすぐ朝がくる。そうしたら、あたしはまた連れられていくんだ。機械の音だけが響き渡る、生命のかけらも感じられない閉ざされた場所へ。


　あたしの生きがい。

　生まれて初めてケータイの掲示板で使ったその言葉は、本来ならばマンガを描くために使われるべき言葉だったのだ、といまさら思う。けれどあたしはすでに、「生きがい」と呼ぶべきだったものからすっかり離れてしまっている。

　あたしがいまいるところは、静岡県Ｎ市にある車の組み立て工場。大手自動車会社の孫請け会社で、でき上がりつつある自動車の最終組み立て工程と仕上げのチェックを行うところらしい。

　らしい、というのは、実はよくわかっていないからだ。なにしろあたしは派遣の身分で、三カ月まえにこの工場に送りこまれ、車の塗装状態のチェックをする部分にしか関わっていない。あたしの目の前に現れる車のボンネットが、そのまえの段階で何をされてここにきたのか、そしてこのあとどうなるのか、全然知らないし、知る必要もない。

つやつやに輝く車のボンネット。それを端から端までじっくりと目を凝らしてみつめる。傷がないか、塗りムラがないか、気泡のツブができていないか。数十秒間、ボンネットとにらめっこする。いや、にらめっこなんてかわいいもんじゃない。真剣勝負でにらんでいる。どんなに小さな傷やムラでも見逃したら即座に減給、または解雇のお仕置きが待っている。

朝八時から夕方六時まで、昼休み一時間を挟んだだけで、ずっとにらみ続ける。夜勤のときは、夜十時から朝六時までにらみ続ける。目はしょぼしょぼして充血するし、肩は凝るし、頭痛もひどい。それでもにらむ。にらみ続ける。小さなポイントにしか目がいかない。まるで蟻《あり》ん子になった気分だ。

車のボンネット。それがいまのあたしにとって、圧倒的に優位に立つ存在なのだ。

初めの頃はあんまりつらくて、ボンネットにキャラクターづけして、頭の中で動かして会話しようと試みもした。

私は理想の世界へとつながる扉。勇気を持って踏み出してごらん……さあ。

そんなふうに、ボンネットがあたしに語りかける。もちろん、あたしの頭の中のひとり言なんだけど。

一度、その「ボンネット様」の言葉に引きこまれるように、すうっと前のめりに倒れてしまったことがある。がつん、とおでこをボンネットにぶつけてしまった。とたんにラインが停止して、班長がすっ飛んできた。たった一分止めてもその日のノルマに影響が出るのだ。こっぴどく怒られたあと、その日の分の給料は丸々差し引かれてしまった。

一カ月十七万円程度の給料。寮になっているアパートの賃料、光熱費、税金、作業着のクリーニング代などを差し引かれて、手もとに残るのは八万円を切る。そこからケータイ料金と食費などを差し引くと、もういくらも残らない。

まずはバイトして、お金を貯《た》めて、思う存分、ケント紙やペンやスクリーントーンを買おう。

何年かまえ、都心でひとり暮らしを始めたとき、そう決心した。

いつかマンガ家になって、もっともっとお金を貯めて、故郷に帰ろう。そしておばあちゃんの経営している理容室をきれいに建て替えて、そこにあたしの仕事部屋もつくる。おばあちゃんとふたり、のんびり楽しく暮らしていくんだ。

そんなふうに、思っていた。

それから半年もしないうちに、現実はそんなに甘くないと知った。渾身《こんしん》の力をこめて描き上げた作品は、マンガ賞に応募してもかすりもしない。出版社に持ちこむ勇気などもちろんなかった。同人誌ですら受け入れてくれるところがみつからずに、あたしはただただ焦った。

このままじゃ、暮らしていけない。

それで派遣に登録した。気がつくと、日本全国の工場を転々とするようになっていた。

長くて半年、短ければ三カ月。それでも職場と住むところがあるだけましだ、といつしか思うようになっていた。

似たような境遇の派遣社員とは、どうせ長く一緒に働くわけじゃないから、とろくに会話もしない。誰もが暗い目をして、休み時間にはケータイの画面をみつめている。ロッカーも、食堂も、休憩場所も、いつも水の底のように静まり返っていた。誰もが指先だけをケータイの上でぴこぴこと動かしている。

部屋に帰ると、無音が嫌で、すぐにテレビとラジオをつける。なんでもいいからにぎやかな空気を作りたかった。

生きがいかあ。

どこの誰とも知らないやつに大きな問いかけをされて、あたしは不思議な気分だった。

しかもそいつは、問いかけるだけ問いかけておいて、何が気に入らなかったのか、ぷいっと掲示板を出ていってしまった。まあ、よくあることだけど。

ネットの世界の住人は、みんなそうなのだ。一方的に話しかけてきて、ちょっとでもつまらないと思うとすぐにそっぽを向いて、それっきり。

現実には何も起こらない、発展しない。ネットの世界は、しょせん仮想の世界なのだ。

ネットの世界の中では積極的な人間をみつけるのは難しい。仮想世界の住人が現実の世界で何か自分から行動を起こす、なんてことはなかなかできないはずだ。もしそんなことができるやつがいるとすれば——そう、たとえば犯罪じみたこと——そいつは、仮想世界と現実世界の境目を完全に失っているのだろう。

見ず知らずの生身の人間に語りかける勇気なんて、ネットの世界の住人にはかけらもないのだ。あたしを含めて。

あたしの生きがい。

それは、カンペキに塗装されたはずのボンネットに、ゴマ粒よりも小さいツブを

発見すること。蟻ん子的人生ですw

布団の中で、掲示板にひとり言をアップしておいた。当然、誰からも書きこみはなかった。

休日。あたしはひさしぶりに外へ出た。五日間出勤して一日休み、というローテーションで、休日は一日中、部屋でテレビとラジオをつけっぱなしにして、ケータイを眺めて過ごす、というのが定番だった。

会社が借り上げているアパートは郊外にあって、その付近でいちばん華やかな場所といえば、自転車で十五分走ったところにある大型ショッピングセンターだった。ブティックも本屋もゲームセンターも映画館もある。ときどき休みに出かけていた「ハレの場」へ、その日、自転車をこいで出かけていった。

最近、マンガ雑誌を買わない。視界にも入れないようにしている。あたしがどうしても到達できないこの世でもっとも華やかな場所が、あの中にある。そう思うと、言い知れぬ敗北感に苛《さいな》まれるのだ。

だけどその日、あたしは、禁を犯してショッピングセンター内の書店のマンガコーナーに足を踏み入れた。きのうの夜、ケータイの検索サイトで何気なく「バーバーみらい」と、おばあちゃんの店の名前を入れたところが、意外な掲示板にヒットしたのだ。

最近A出版から出た『バーバーみらい』ってマンガがかなりいい

そんな書きこみをみつけた。ほかにもいくつか、マンガ『バーバーみらい』に関してスレッドを立てている掲示板があった。その中に、あたしの掲示板に書きこんできた人物と同じハンドルネーム、「クズ」の書きこみもあった。

『バーみら』。生きがいを求めてゼーゼー息を切らしてたウチには、ちょっと救いになったマンガです

救いになった、という言葉が引っかかった。その掲示板に書きこんでみた。

どもどもクズさん　覚えてるかな～カコです（ちょっとまえうちの掲示板に「生きがいってなに？」とかカキコしてくれたよね？）『バーみら』そんなにいいん

だ？

あたしの書きこみに対して、「クズ」からのレスはやっぱりこなかった。違う人物だったのかもしれない、とあたしはなんとなく自分を慰めた。

それで今日、思い切って本屋に出向いたのだ。『バーバーみらい』というマンガを手に入れるために。

マンガコーナーに近づくだけで、動悸《どうき》が急に激しくなる。マンガの棚の前に立つと、息が苦しいくらいだ。目を皿にしてタイトルを探す。どんな小さなものでも瞬時に探し出せる能力が、悲しいことにいまのあたしにはある。

が、どんなに探しても『バーバーみらい』はみつからなかった。カウンターで訊いてみると、「在庫切れですね。お取り寄せしますか?」と言われた。

あたしは首を横に振った。そのままショッピングセンターを後にした。なぜだろう、敗北感がひりひりと全身を包んでいた。

偶然かもしれない。あるいは、作者が故郷の街角でおばあちゃんの店の前を通りかかっただけなのかもしれない。たまたまそういうタイトルがついているだけなのだ。別に、どうってことないじゃないか。

そう自分に言い聞かせた。帰り道の途中にあるコンビニで弁当を買い、なんとなく部屋に帰りたくなくて、近くの公園のベンチに腰を下ろした。

子供たちが地面に落書きをして遊んでいる。それを眺めながら弁当を開いた。ソーセージをかじりながら、ずっと昔、あんなふうに地面に落書きをしたことを思い出す。そばに立っていたのは、おばあちゃん。あたしが描くものをしきりにほめてくれたっけ。

へえ、こりゃたいしたもんだ。こんなに絵のうまい子、おばあちゃん見たことないよ。

それであたしは、すっかりいい気になってしまった。

おばあちゃん、かこね、大きくなったらマンガ家になって、おばあちゃんのお店をうんと大きくしてあげる。

おばあちゃんはにこにこと笑ってうなずいていた。あたしは日が暮れるまで、夢中で地面にマンガを描いた。近所の子供たちがいっぱいに集まって、あたしとおばあちゃんを取り囲んでいた。

「気になりますね」

突然、頭上で声がした。あたしは驚いて顔を上げた。

若い女性があたしの目の前に立っている。小さな女の子を抱っこしている。あたしは首を傾《かし》げた。

「え……何が、ですか？」

「その絵の続き。なんだか、マンガの最初のひとコマみたい」

あたしは、自分の足もとに視線を落とした。

いつのまにか、あたしは割り箸《わばし》の先で絵を描いていた。デフォルメした、蟻ん子の絵。吹き出しに『すべてはこの地面から始まったんだ』と書いてある。あたしは、自分の目をこすった。

あれ？　これ、あたしが描いたのかな。

「それで、どうなるんですか。その蟻さんは？」

若いお母さんが、そう訊いた。かすかに関西地方のイントネーションで。あたしはあわてて、「いや、どうもなりません」と答えた。

「そうなんですか？　なんやろ、続きが知りたいな」

彼女は微笑《ほほえ》んだ。あたしは、自分の心臓が、とくんと鳴るのを聞いた。

「光岡《みつおか》さあん、バス来たわよ～」

公園の向こうから呼び声が聞こえてくる。彼女は、「すみません、お邪魔しちゃって。じゃあまた」と、ちょっと頭を下げると、走り去ってしまった。

彼女が去った方角をしばらく眺めてから、あたしはもう一度、自分の足もとを見た。じっと、見つめる。吸いこまれるほど、じっと。

私は理想の世界へとつながる扉。勇気を持って踏み出してごらん……さあ。

地面が、語りかけている。いや、それはあたしの頭の中のひとり言にすぎないのだけれど。

スニーカーの底で地面を擦《こす》った。またたくまに、蟻ん子と吹き出しは砂の中に消えた。

蟻ん子に、始まりなんて、ない。

自嘲《じちょう》する思いがこみ上げる。振り切るようにケータイのフラップを開けた。

あたしの掲示板に、一件の書きこみがあった。「ラーメン小池」というハンドルネームの、書きこみ。


カコさん、私の掲示板にカキコありがとう（クズさんへのレス、カキコしてくれましたよね）。

『バーバーみらい』は、引きこもりの女の子が、おんぼろ理髪店のおばあちゃんと知り合って、生きがいをみつける話です。読んでみてください。そして連絡してあげてください。あなたのおばあちゃんに。


あなたは誰？　と十秒以内にレスしたけど、「小池」さんからの書きこみは、それっきりなかった。

二週間後。

あたしはバス停のベンチに座っていた。故郷の町へ向かう長距離バスに乗るために。バスに乗る直前、ふと思いついて、あたしはベンチにケータイを置き去りにした。

バスの窓の中、遠ざかるベンチをみつめる。

あたしを得体の知れない力で支配し続けたもの。ひょっとして生きがいかも、と思いかけていたもの。

ケータイはゴマ粒よりも小さくなって、やがて視界から消えた。

魔法使いの涙

家の近所の公園、木陰のベンチに腰かけて、ぼんやり考える。

あたし、なんでこんなとこにいてるんかな。

ほんま、つまらん。大阪《あっち》やったら、お母さんも、お姉ちゃんも、友だちも、話できる人がぎょうさんいてるのに。

私の視線の先には、この春、三歳になったばかりの娘、聡美《さとみ》がいる。たよりない足取りで歩き、地面にしゃがみこんでは小石を拾って投げている。

この子はときどき、母親である私が見ていても、ぎょっとするほど乱暴だ。小石を投げたりするのは日常茶飯事で、手加減なく私にぶつけてくる。「痛い、痛い」と言うと、余計に面白がってどんどんぶつけてくる。母親にならなにをしたって許される、とわかっているのだ。

私に対して乱暴なのはかまわない。けれどこの子は、同い年くらいの子供に対してもひどく乱暴なのだ。

一度、近所の子と公園で遊んでいて、髪の毛を引っぱって仰向《あおむ》けに転がしたこともある。当然、相手の子は大泣きした。その場でお母さんに平謝りした。「大丈夫ですよ」と返しつつ、彼女の目が怒りに燃えているのがわかった。

あの頃からだろうか。少しずつ、近所のお母さんグループの中で、疎外感を感じるようになったのは。

聡美の公園デビューまえ、赤ん坊だった頃は、抱っこして、バスに乗って、お母さんサークルに出かけていったりもした。とにかく誰かに会いたい、誰かと接触したい、仲間に入れてもらいたい、と必死だった。赤ん坊とふたりきり、取り残されてしまうのが怖《こわ》かったのだ。

夫の転勤で移ってきた静岡県N市。生まれてから結婚するまで、大阪を一歩も出たことのなかった私にとって、転勤の報《しら》せはまさに青天の霹靂《へきれき》だった。妊娠四カ月だったので、実家に残ることも考えたが、夫が許さなかった。子供が生まれてからは最大限に手伝うから、と説得されて、しぶしぶこの町へやってきた。

父も母も姉も、友だちも同僚も、頼れる人がひとりもいない、空っぽの町。

溶けこもうとして一生懸命になった。出会ったママさん仲間とはひとり残らずメールアドレスの交換をして、たいした話題もないのに必死にメールした。SNSのママさんコミュニティにも入り、子育て情報を交換した。公園デビューしてからは、聡美の服にも気を遣い、派手すぎず地味すぎず、ブランドものは極力避け、さりげなく流行《はや》りのデザインを取り入れることに工夫した。手作りのクッキーを小箱に入れてハンカチで包み、ハーブティーをポットに入れて、プラカップを三つ以上持って、公園に通った。

取り残されたくなかったから。聡美と、ふたりぼっちになりたくなかったから。

それなのに。

「どえす〜」

幼い声がする。はっとして振り向いた。四、五歳くらいの女の子がふたり、にやにや笑って立っている。よく公園に遊びにくる麻美《あさみ》ちゃんと晴香《はるか》ちゃんだ。

「なあに？　麻美ちゃん晴香ちゃん、いま、なんて言ったの？」

麻美ちゃんは、にやにやしながら、

「あのねー。ママがねー。聡美ちゃんはいじめてばっかりだから、『どえす』だって言うの」

そう言った。

「え? どえす、って……」

もう一度訊《き》きかけて、はっとした。

どS。SMプレイのS、つまりサディストのことだ。「超」がつくほどの。

一瞬、背筋がぞくっとなる。

「いじめるのが好きな人のことを、『どえす』っていうんだって」

晴香ちゃんも、邪気のない目で続けた。私は「そうなの?」と、無理やり笑いかけたが、どうにも顔が強《こわ》ばってしまった。

「麻美ー、晴香ちゃん、おいでー。バスが来るよ」

少し離れたところで麻美ちゃんのママの声がした。私は顔を上げてベンチから立ち上がった。

ちょっとまえまでは、一緒にバスでお出かけして、ママさんサークルに参加していた麻美ちゃんのママ。晴香ちゃんのママと並んでバス停に立っている。私をみつけると、ちょっと頭を下げて見せた。怒りで震えそうになりながらも、私もぎこちなく頭を下げる。

小さな女の子ふたりは、ぱたぱたと足音を弾ませて、母親たちのところへ駆けていく。

息苦しい思いのまま、私はその場に立ち尽くした。

聡美は小石を拾っては投げ、拾っては投げ、いつまでも飽かずに繰り返している。


「しばらく実家に帰ろかなあ」

夫が箸《はし》を置くタイミングで、私はため息まじりにそう言った。

夫の帰宅は毎晩十一時頃だ。この春に役職に就いたが、残業代はつかなくなってしまった。責任と仕事は一気に増えて、収入は減った。帰宅するまで夕食もがまんして、疲れ切って食卓につく夫の顔を見ると、どんな文句も言えなくなる。けれどその日、私はつい愚痴《ぐち》る口調になってしまった。昼間の公園でのできごとが、晴れない霧のように胸の中に立ちこめていた。

夕刊を広げていた夫は、面倒くさそうにページをめくりながら、

「何やそれ？　おれへのあてつけか？」

不機嫌そうな声を出した。思いもしない言葉が返ってきたので、あわててしまった。

「そんな……なんでそないなことゆうの？」

「つまらん、て言いたいねんやろ。おれ毎晩帰り遅いし、休みの日かて寝てばっか

やし。おれにくっついてこないな田舎に来たら、遊びにいくとこかてない、友だちもいてへん。大阪帰りたい。そういうことやろ」

図星だった。私は下を向いてしまった。なんだかくやしい気がした。

全部わかっていて、夫は私をほったらかしにしているんだ。

聡美の乱暴な行動について相談しても、「一過性のもんやて」と取り合ってくれない。そのせいでママさん仲間と疎遠になってしまったことにも、聞く耳を持たなかった。

幼い娘が「どS」呼ばわりされたことなど話しても、「おもろいやん」とひと言で片づけられてしまいそうだ。

「なんも出戻りする、ゆうてるんとちゃうよ。子育てのこと母親にアドバイスもらいたいし、一週間くらいと思っただけやん」

「へえ。ほんなら、その一週間はおれの飯誰が作るんや?」

私はうつむいたまま、何も答えなかった。

あたしはあんたの飯炊《めした》き女とちゃうわ。

残酷な言葉がよぎるのをぐっとのみこむ。空《あ》いた茶碗《ちゃわん》を手に、逃げるようにキッチンへ向かった。

「どS」事件があってから、一週間ほど公園に出かけるのをやめた。運動が足りないのか、聡美は「おそといく、おそといく」とぐずる。仕方なく、公園へ連れていった。あの女の子と母親たちに会わないことを祈りながら。

午前中の公園に子供たちの姿はなかった。ほっと胸をなで下ろす。

しばらくぼんやりとベンチに座っていたが、聡美が蟻《あり》をみつけて踏みつけているのが目に入った。とっさに「やめなさい！」と思い切り手を引っぱってしまった。その拍子に、聡美は仰向けにひっくり返った。大の字に転がって、娘は大声で泣き出した。

「もうっ。自分が悪いんやろ。蟻さん踏んづけたりするからっ」

抱き起こして胸に抱くと、よほどくやしかったのか、小さな拳《こぶし》で私の顔やら肩やら、手当たり次第に殴りつけてくる。

「やめて、さとちゃん。痛いよ、痛い」

言いながら、泣けてきた。手足をばたつかせて暴れる娘を抱きとめながら、私は、うう、うう、と嗚《お》咽《えつ》した。

あほちゃうか、あたし。

ええ大人が、子供みたく泣いて。

けれど、一度泣き始めると、もう止められなかった。地面にしゃがみこんで、私と娘は、呼吸を合わせて泣きに泣いた。

「どうしたの、お嬢ちゃんたち。何を泣いてるの」

頭上でおだやかな声がした。はっとして、手の甲で涙を拭《ぬぐ》う。聡美を抱いたまま立ち上がると、目の前に作業服を着たおじいさんが立っていた。

「ああ、いえ。なんでもないんです。なんだか、子供が泣いてるの見てたら、こっちまでつられて泣いちゃって」

言い訳しながら、また涙がこみ上げた。見ず知らずの人に、とんだ失態を見られてしまった。それがなさけなくて、泣けてきた。

「どれ。おじちゃんが、お話をしてあげよう。いいかい、魔法使いの話だ。涙なんて、吹っ飛ぶよ」

おじいさんは片足を少し引きずりながら、ひょこひょことベンチに向かった。腰を落ち着けると、こっちに向かって手招きをしている。私はようやく冷静に、その人のことをじっくりと見た。

薄汚れた作業服。ポケットには汚れた軍手が突っこんである。ベンチの近くに、よれよれの手提げ袋。そして大きなゴミ袋と、竹ぼうきが置いてある。どうやら公園の清掃の人らしい。年齢は七十代くらいだろうか、貧相な感じはしない。

けれど物騒な世の中だ。人の弱みにつけこんで、何をされるかわからない。私は自然と身構えた。

おじいさんはポケットから四つ折の紙を取り出した。かさかさと広げる。朗々とした声で読み始めた。

「『公園のぶらんこが風に揺れている。と、君は思うかい？　いやいや、そうじゃないんだ。いいことを教えてあげよう。実はね、ぶらんこの上には、空気みたいに透き通った魔法使い、〝ランコ〟が乗っかっているんだよ』」

ぴたり、と聡美が泣きやんだ。私は、「あの……」と何か言いかけたが、何を言おうとしていたのか、すぐに忘れてしまった。

そうして、私と聡美は出会ったのだった。「公園の魔法使い」と。

朝十時半までに、掃除、洗濯、お昼のしたく、すべてこなして出かける準備をする。お気に入りの帽子をかぶり、聡美にも帽子をかぶせてやる。娘は跳ね上がって喜んでいる。

「魔法使いのおじいさん、会うの？」と舌足らずの声で訊く。

「うん、会うよ。お話の続き、聞こうね」と答える。手をつないで、公園に向かう足取りが軽い。

公園で出会った不思議なおじいさんの名前を、まだ聞いていなかった。けれど、聡美がいつのまにか「魔法使いのおじいさん」と呼ぶのを、その人は愉快そうに受け入れている。

公園の清掃をしているおじいさんは、だいたい十一時頃に仕事を終える。その頃をねらって、私たちは出かけていった。

ベンチに座って、お話の続きを聞く。そのお話は、大人の私が聞いても、十分にわくわくする内容だった。公園に住む魔法使いランコとブランの物語。日本の片隅の小さな町から始まって、物語は世界をどんどん広げていた。いじめっ子「メッコ」といじめられっ子「ラレッコ」が、魔法使いの采配で仲良くなり、チームを作って、人間に取りつく悪魔「ヤルキナイン」と闘う。公園の清掃をするおじいさんも、チームの束ね役で出てくる（実はこのおじいさんが魔法の国の王様なのだ）。お話を聞いているあいだじゅう、私たちは魔法使いと一緒に泣いたり笑ったり怒ったり空を飛んだりした。物語というものが、こんなに人を魅了するものだと初めて知った。

聡美がどのくらい理解しているかはわからない。けれど、あきらかに夢中だった。不思議なことに、お話を聞き始めてから乱暴をしなくなった。心優しい魔法使いと、メッコとラレッコ、おじいさん。彼女の心は、いつもみんなと一緒にいるようだった。

公園では私たちを待ち受けて、おじいさんがベンチに座っている。日《ひ》だまりの中の優しい横顔に向かって、私と聡美は声を合わせてあいさつする。

「こんにちは、魔法使いのおじいさん」

おじいさんは、お話の中のおじいさんそのもののように、ゆったりと大きな笑顔になる。

「やあ、聡美ちゃん。待ってたよ」

私がポットに入れて持ってきたミルクティーを、「ああ、おいしい。魔法にかかってしまいそうなくらいだ」とゆっくりと飲み干す。それから、お話が始まるのだ。

お話のあとは、お天気の話だとか、庭の花壇の話だとか、聡美の成長の話だとか、主に私のほうが話をする。そのあいだ、またおいしそうにミルクティーを飲む。聡美はおじいさんの隣に座ったり、膝《ひざ》に乗って甘えたりした。おじいさんは、子供の扱いが実にうまかった。子供を育てた経験があるのだろう。けれど、彼が自分の話をすることはなかった。

「光岡《みつおか》さんって、最近、公園の掃除のおじいさんなんかと仲良しなのよね」

あるとき、バス停でばったり会った麻美ちゃんのママに、さりげなくそう言われた。私は、うん、とうなずいて、胸を張った。

「すっごい仲良しなの。あのおじいさん、すごい人やねんよ」

バスの中で、麻美ちゃんママと晴香ちゃんママが、光岡さんおかしいんじゃないの、とひそひそ話をするのが聞こえても、ちっとも気にならなかった。

けれど、ひとつだけ、気になることがあった。

それは、このお話がいつか終わってしまうこと。

聡美が、いや、私だってこんなに楽しみにしているお話が、そのうちに終わってしまうのだろうか。そうしたら、魔法が解けて、聡美がもと通りの乱暴な女の子になってしまうかもしれない。そして、おじいさんと、二度と会えなくなってしまうかもしれない。

どうしたらいいんだろう。

お話は、どう考えても終わりに近づいていた。すぐにでも続きを知りたい気持ちを抑えて、ついに私は訴えた。

「おじいさん。このお話、終わらせないでください」

おじいさんは、不思議そうな顔になった。

「どうしてだい？」

私は、ふたりを見上げる聡美に視線を落とした。

「いまは、お話の魔法で、この子がおとなしくなってる気がするんです。この子、女の子なのにひどく乱暴で……」

初めておじいさんと会ったとき、泣いていた理由。私はごく自然に、正直に打ち明けた。おじいさんは黙って聞いていたが、やがてやわらかく聡美の背をなでながら、言った。

「どんな物語にも終わりがある。なぜなら、物語には命があるからだよ」

私はおじいさんを見た。おじいさんは、優しいまなざしを私に向けていた。

「命あるもの、終わりがあるから、いとおしく思えるんじゃないかな。それを、この子にゆっくり時間をかけて教えてあげてください」

聡美は澄んだ目でおじいさんを見上げていた。私は、急におじいさんが遠くへいってしまうような気がして、さびしいようなせつないような、震える思いでいっぱいになった。

「そういえば、この物語の作者のことを、話していなかったね？」

私は首を傾《かし》げた。おじいさん自身が書いたのだろう、と思っていたのだ。おじいさんは、いつも物語の紙片を取り出すポケットから、小さな新聞の切り抜きを取り出して、私に手渡した。新聞には、十二年まえの日付があった。

国際児童文学賞受賞　木ノ内《きのうち》たまきさん（18）

花束を抱いて、はにかみ笑いをしている少女の写真が写っている。私は、「この人は……」と、つぶやいた。

「孫娘だよ。いま、病院でこの物語を書いている。あなたと、聡美ちゃんのために」

十八歳で大きな賞を取ったのに、直後に病気になり、三十歳になるまで一作も書けなかった、とおじいさんは打ち明けてくれた。

いま、毎日物語を書いて、毎日ファックスで送ってくる。まるで、命をつなぐように。

「自分の書いた物語をいとおしんでくれる誰かがいる。それがあの子の、支えになっているんだよ」

ありがとう、とおじいさんは小さくつぶやいた。それから、皺《しわ》だらけの指先で目《め》頭《がしら》をそっと押さえた。

そのとき、魔法使いでさえ止められなかった。こぼれ落ちるひとすじの涙を。

あれから、半年。

物語は、今日も続いている。聡美ちゃんが手紙を書いたからだ、とおじいさんは笑う。もちろん、私が代筆したのだけれど。

まほうつかいのおねえちゃんへ
おはなしのつづきを、いっぱいかいてください。まいにち、たのしみにしています。ずっとおわりませんように。
さとみより

名もない星座

　朝、目覚めてすぐに見えるのは、少しくすんだ白い天井。

　そこに、小さなしみがある。ぽつぽつと、普通なら気づかないくらいの淡い茶色のしみ。

　いつ頃から、どうしてそんなところに浮かび上がったのかわからないけど、私がこのベッドで目覚めるようになってから、ずっとそこにある。一、二、三、四……全部で七つの点々。

　そっけない部屋の、そっけない風景。あまりにも退屈で、私はそのしみを星座に見立てて、「TM312」と名前をつけた。Tは私の名前の頭文字、Mはこの病院の頭文字。312は、私がこうして横たわっている病室の番号。

そっけない名前の星座だなあ。

白鳥座とかオリオン座とか北斗七星とか、星座にはロマンチックな名前がつきものだ。けれど、何もかもがそっけない部屋の中で、気の利《き》いた呼び名なんかつけてしまうのがもったいない気がしていた。

だいいち、そんなに思い入れもないし。かわいい名前なんかつけちゃって、愛着持っちゃうのなんか絶対いやだし。

ほんものの星座を見上げなくなって、もう十二年が経《た》つ。

とはいえ、ここへ来るまえも、夜空を見上げて星座を探すことなんてめったになかったけど。

私はごく普通の十八歳、だった。サラリーマンの父と専業主婦の母、年の離れた兄がいる普通の家庭に育ち、地元の女子高に通い、読書が趣味で、作文が得意だった。

本屋の店員のバイトをしていて、そこの店長（二十代・妻子あり）にほのかな恋心を抱いていた。勝手にときめいていただけで、何も起こらなかったけど。

もやもやする思いがうっとうしくて、日記やら詩やら童話やら、あれこれ書き散らした。あの頃、何かを書くことがうっぷんを晴らす唯一の方法だった、と思う。

そんなふうにして、むしゃくしゃと書き上げた小さな物語。小さな女の子が登場する、ごく短い童話だった。近所に住んでいた父方のおじいちゃんに見せた。なぜって、私とおじいちゃんはけっこう仲良しだったし、老人は子供に近いかな? なんて思ったから。

おじいちゃんは、ふむふむ、と読んで、ちょっとこれ借りるよ、と持っていってしまった。それが奇跡の始まり。

おじいちゃんは、その童話を国際児童文学コンクールに出してしまったのだ。私にひと言の断りもなく。

そしてなんと、いちばん大きな賞をもらってしまったのだ。

急激に、私の周辺が変わった。私は祝福され、現役女子高生、ということもあってか、たくさんの取材を受けた。受賞作は絵本になり、日本とアメリカとフランスで出版され、印税とやらが入ってきた。華やかでまぶしい光の中に、私は突然放りこまれた。喜んで、戸惑《とまど》って、怖くなった。こんなにいいことはそんなに長く続かないんじゃないか。何か落とし穴のようなものが準備されていて、それに向かって歩いているんじゃないか。そんなふうにも思った。

受賞のわずか七カ月後。ほんとうに、落とし穴が待っていた。

初めてのサイン会が、かつてバイトをしていた書店で開かれた。地元の新聞やテレビも取材にやってきた。小さな子供たち、中学生や高校生。憧《あこが》れの店長が見ている中でのイベントが誇らしかった。

ひとりひとりと握手をするうちに、どうにも手が疲れて、相手の手を握れなくなった。力なく差し出す手を、みんなぎゅっと握ってくれるのに、私は握り返せない。何これ、どうして、と焦った。

「ちゃんと握手もしてくんないの。感じわる〜」

同い年くらいの女の子が、ひそひそ言うのが耳に入った。

五十人近く握手をしただろうか。最後のひとりの手が離れた瞬間に、私はその場で倒れてしまった。そのまま、入院となった。

筋ジストロフィー、と病名を告げる医師の声が遠くで聞こえた。

入退院を繰り返し、五年まえ、本格的に歩けなくなった。治療とリハビリを兼ねて入院した。またすぐ出るつもりだった。

けれどそれっきり、この部屋とこのベッドが私の世界のすべてになった。

天井のしみが星座に見えてくるほど、私はもうずっと横たわったままなのだ。


がろがろ、がろがろ。夜中に苦しそうな音がして、目が覚める。

向かいのベッドのおばあさん、戸塚さん。痰《たん》がからんでのどを鳴らす音。がろがろ、がろがろ。なんて苦しそうなんだろう。

苦しいの？　戸塚さん。大丈夫、僕がとっておきのマシンで、のどをすっきりさせてあげる。

私が戸塚さんのために（勝手に）作ってあげたキャラクター「きりタン」登場。電気が消えていまは見えない天井の星座から降りてくる。戸塚さんのベッドまで、ひとっ飛び。ちっちゃいゾウのかたちをしたバキュームを取り出して、長い鼻を戸塚さんの口にすぽっ。がろがろがろガガガガ、シューン。ほら、ね。軽々、すっきり。のどもとに風が吹くみたいでしょ。

「江口《えぐち》さん、どうしたの？」

そうっとドアが開いて、看護師の囁《ささや》き声がする。ナースコールをしたのは、おばあさんの隣のベッドの江口さん。虫垂炎の手術で入院した、二十二歳の駆け出しOLだ。

「あのう、戸塚さんが苦しそうで……」

きのうも、そのまえの夜も、江口さんは夜中にナースコールした。私はもう慣れっこだったけれど、聞くに堪《た》えないのだろう、戸塚さんに代わって看護師を呼び出す。看護師は、「ああ、あれね。大丈夫よ。そのうち治まるから」とそっけない。

「なんだか気になっちゃって……呼び出してすみません」

「いいのよ。ちょっとの辛抱だから」

ふたりがぼそぼそやり合っているあいだも、戸塚さんは、がろがろ、がろがろ。私は寝返りを打ちたくても、打てない。床のマットレスで寝ている母が起きだして、「ごろんする？」と訊《き》く。私は「うん」と、かろうじて答える。

母が両腕を身体《からだ》の下に差しこむ。巨大な芋虫《いもむし》みたいな、ちっとも動かない私の身体。よいしょっ、と小さくつぶやいて、ごろん、と向きを変える。

つきっきりの介護で、母は十キロやせた。ポキリと折れてしまいそうに肉の落ちた腕が、不思議なくらい力強く私の身体を抱く瞬間。

ママ、ごめんね。重いでしょ。しんどいでしょ。

心の中で、手を合わせる。一日に何度も何度も、心の中で頭を下げている。


「あのう、すみません。何か……書いてらっしゃるんですか？」

ベッドまわりのカーテンを開けっぱなしにして、私と母が「共同作業」をしているところに、江口さんが遠慮がちに声をかけてきた。

「ああ、これ？　娘が話すのを、私が書き取ってるんですよ」

母がノートをちらりと見せて、笑顔で答えた。江口さんは、へえ、と好奇心を隠さない。

「毎日、一生懸命に話してらっしゃるから……ところどころ、聞こえてきました。魔法使いとか、ブランコとか、……ええと、メッコとラレッコ、とか」

私は思わず「ええ、恥ずかしいなあ」と、締まりのない声を出した。のどの筋肉に力が入らなくて、そんななさけない声になってしまう。だから、母と看護師以外とは極力話さないようにしているんだけど。

江口さんが斜め向かいのベッドに来て、四日目だった。私はなんとなく、このはつらつとした若い女性が嫌いじゃなかった。

入院したとき、「しばらくご厄介になります」と若い女性らしからぬあいさつをしにきた。

そして、母にさりげなく私の病気について尋ねた。見るからに重病患者っぽい私に接するとき、たいてい誰もが気おくれしてしまって、病気について訊くことを避ける。けれど江口さんは「大変なご病気なんですね」と認めつつ、「お母さんと二人三脚なんですね。いつもおふたり一緒なんて、すてきだな」と、ちょっとうらやましそうな表情で言っていた。その反応がとても新鮮だった。

朝になれば、おふとんをきちんとたたんで、ベッドのまわりのカーテンを隅々まで開ける。サイドテーブルにはかわいい花模様のコップ、「マリメッコ」の花柄だ。枕もとには文庫本が二冊。短期入院者ほど雑誌の類《たぐい》を読み散らかして、表紙の毒々しい色が目につくんだけど、彼女のまわりはすっきりとして、なんだかすがすがしい空気が流れている。

夜中にナースコールしてしまうのも、実は本気で戸塚さんを心配しているのだ。看護師が去ってしまったあとも、しばらく戸塚さんのそばに座っている。「大丈夫おばあちゃん？」と囁きながら、背中をさすってあげている。

なんだかいいなあ、江口さんて。

もっと話がしてみたいな、と思っていた矢先に、彼女のほうも私に興味を持ってくれたのだ。

「この子ね、物語を作るのが好きで。昔、本を出したこともあるのよ」

物怖《ものお》じしない江口さんの態度が母を饒舌《じょうぜつ》にした。いつも大切に持ち歩いている私の本を取り出して、江口さんに渡しながら、いまも聞き取りで物語を作っているところだ、この物語を楽しみにしている母子がいる、毎日ファックスでおじいちゃんのところへ送るんだ、と矢継ぎ早《ばや》に話した。

古ぼけた表紙の本を手に、江口さんは母の話にていねいに相槌《あいづち》を打った。そして母ではなく、私に話しかけてくれた。

「拝見してもいいですか？」

私は、ゆっくりとうなずいた。

江口さんは、次々にページをめくった。最初はそろそろと、途中からどんどん速く。物語の世界に深く深く入っているのがわかる。私も、そうだった。十代の頃、二十歳の頃、彼女くらいの年の頃。しだいに力が奪われていく身体を、できるだけ深く、高く、遠くまで、物語の中へと旅をさせた。

最後まで一気に読んで、江口さんはようやく顔を上げた。

「よかった。マリコちゃんとお母さん、一緒にいられて」

そう言って、微笑《ほほえ》んだ。目にいっぱいの涙を浮かべて。

本になった最初で最後の私の童話、『マリコの星座』。

大好きなお母さんが病気になって、ケンタウルスや白鳥がお母さんを天上へ連れていこうとするのを懸命に止める娘のマリコ。ケンタウルスは、「地上で苦しむよりも、星座になったほうがお母さんのためだ。時空を超えて、人間たちにあがめられるんだぞ」と言うのに、マリコは反発する。

マリコのためにコロッケを揚げてくれるお母さん。ちょっと困った顔つきで家計簿とにらめっこするお母さん。山ほどの洗濯物を楽しそうに青空の下に干しているお母さん。

星座になんて、なってほしくない。いつまでもマリコと一緒にいて、この地上からあなたたちの星座を見上げ、大きいね、きれいだね、っておしゃべりしたいの。

ケンタウルスは言う。この世の生き物すべてには、限りある命がそなわっている。いつの日か、お母さんだけでなく、お父さんもマリコも、子犬のチイも、みんな星座になるのだよ。その日がくるからこそ、いまを大切に生きていきなさい。お母さんのコロッケに、家計簿に、洗濯物に、ありがとうって言うんだよ。

白鳥がはばたき、ケンタウルスは手を振って、夜空へ帰っていく。しっかり手と手を結び合ったお母さんとマリコを、地上に残して。

「すてきだなあ。このお話、本当にすてき」

何度も何度も繰り返し私の本を読んで、真美《まみ》ちゃん――江口さんのファーストネーム――はため息をつく。あれから毎日、彼女は私のベッドへやってきて、母と私とおしゃべりをした。もっとも、私は口をもごもごさせるばかりで、母に通訳してもらわざるを得なかったけれど。

母が家へ帰っているあいだも、真美ちゃんは私のそばに座っていてくれた。そして私が返事をする必要がないように、あれこれ自分から話しかけてくれた。母に代筆を頼んでいる「おじいちゃんが掃除をしている公園の母子のための物語」の感想や、最近読んだ本のことや、それから、ちょっとだけ自分のことも。

「実家を出ていまの会社で働いてて、なかなか母にも連絡できなかったの。でも今回入院するとき、ひさしぶりに来てくれて……やっぱり、親っていいもんですね」

私はゆっくりとうなずく。真美ちゃんはにっこりと笑顔になった。

「お姉ちゃんがいるんです。結婚して、北海道に住んでるんだけど……きのう電話して、たまにはお父さんお母さんとみんなでゆっくり集まろうよ、って提案したら、なによあんた、どういう風の吹き回し⁉ って言われちゃった」

真美ちゃんのお姉さん、奈緒《なお》さんは、私と同い年。道東で、夫婦ふたりで小さな宿を営《いとな》んでいる。離れてても仲良しのお姉さんの面白いエピソードをあれこれ話してくれた。私は口の端を引っ張り上げるようにして笑った。笑うのにもひと苦労なんだけど、どうしても微笑みたくなった。真美ちゃんの家族が微笑ましかった。平凡だけど小さな幸せを大切にしている家族。ちょっとうらやましかった。もっと言うと、ほんのりくやしかった。

「あ。たまきさん、笑うとすっごいかわいい。えくぼができるんだ」

真美ちゃんは、私の口もとを、ちょい、とつついた。私はいっそう口の端を引っ張り上げた。引きつったような顔になってるはずだ。でも真美ちゃんは、かわいいかわいいッ、と何度も言って、楽しそうにえくぼをつついた。

妹って、こんな感じなのかな。

いつしか、そんなふうに思っていた。

真美ちゃんが一日も早く快復するのを祈りたい。でも元気になったら、この部屋を出ていってしまう。元気なＯＬ生活に戻ったら、きっと私のことなんて忘れてしまうだろう。ご両親とお姉さんと、ときたま会って楽しく過ごして、いつか恋をして結婚して、小さな幸せな家庭を築いていくのだろう。

それは、すてきなことだった。それが、真美ちゃんにはふさわしいことだった。

それを、喜んであげたかった。

それなのに、一日一日、真美ちゃんが元気になっていく姿を、なんとなくさびしく眺めている私。


真美ちゃんの退院が決まった。

どきどきしたけれど、「よかったね」と私はすなおに言ってあげることができた。真美ちゃんもすなおにそれを受け止めて、「ありがとう」とうれしそうだった。

よかった。ほんとに、よかった。

だけど……。

眠れない夜がきた。朝がきたら、真美ちゃんは出ていく。消灯時間ぎりぎりまで、私は薄汚れた天井の星座、ＴＭ３１２を見つめていた。

ふっと電気が消えて、星座も消えた。

夜半過ぎ、そろそろ戸塚さんのがろがろタイムだったが、なぜかその夜に限って戸塚さんはすやすやと眠っているようだった。

もしもがろがろが始まって、真美ちゃんと母が目を覚ましたら、思い切って言おうかな、と考えていた。

真美ちゃん。ひとつだけ、お願いがあるの。

少しだけ話がしたい。そばに来てくれる？

「……たまきさん？　起きてる？」

カーテンの向こうから、こっそりと真美ちゃんの声がした。私は驚いて、手の先を必死に動かし、母に合図を送った。いつもは敏感に目を覚ます母が、よほど疲れているのか、目を覚まさない。けれど、毛布を擦《こす》るささやかな音をちゃんと聞きつけて、カーテンの隙間《すきま》から真美ちゃんの顔が覗いた。

「ひとつだけ、お願いがあるの」と真美ちゃんは囁いた。

「ほんのちょっとだけ、たまきさんの横に寝てもいい？」

予想もしなかったお願いに、すぐには答えられなかった。けれど、一度だけ、うなずいて見せた。

　足音を忍ばせて、真美ちゃんがベッドに近づく。壊れものに触れでもするように、そうっと隣に横たわる。

「どれがケンタウルス？」

　天井を見上げたまま、小さな小さな声で、真美ちゃんが訊いた。

　私は一瞬、息を止めた。

「ねえ、あれが白鳥座よね。きれい」

　ああ……ほんとだ。

　満天の星空。私と彼女は、澄んだ空気の草原に寝転がって、いちめんの闇《やみ》に輝く遠い星座を眺めていた。ＴＭ３１２は、とっくに地平線の彼方《かなた》へ消えてしまった。いま、私たちが見つめているのは、私が書いた物語の中できらめくあの星々。

「あたし、ときどきここへ来てもいいかな。こうして、星座をみつけたい。一緒に」

　たまきさんと。

　真美ちゃんの手が、少し遠慮がちに、私の手を握る。その手は健《すこ》やかで、温かだった。私も少しだけ、力をこめてみる。ほんの、少しだけ。

　私たちの頭上で、名もない星座が、ゆっくりと夜を巡っている。

お宿かみわら

ぱきん。ぱきん。ギシギシギシ。

夜半に、耳慣れない音で目覚めることがある。

この場所に引っ越してきたばかりの頃は、いったいなんの音だろうと怯《おび》えたものだ。

あの頃は、なんだか妙におっかなくて、眠れなく、隣のベッドでふとんをすっぽり頭までかぶっている夫のそばに立ち、

「志郎《しろう》さん、起きて。ねえ志郎さんってば」

そう言って、ゆさゆさと揺すって起こさずにはいられなかった。

「え、どうしたの。もう起きる時間？」

寝ぼけ眼《まなこ》をこする志郎さん。日中の慣れない仕事で疲れているんだろう。私のように、真夜中の窓の外のささやかな音などに起こされたりしない。

「違う。まだ夜中の三時。ねえ、ヘンな音がするの」

「ヘンな音って」

「ぱきんぱきん、とか、ギシギシとか。そんな感じの音」

言いながら、じきに歯の根も合わないほど震えてくる。

そう、ここは北海道、道東の森の中だ。十二月の真夜中には、氷点下二十度近くまで下がることもある。暖房もつけずに裸足《はだし》で床に突っ立っていると、ものの三分もしないうちに身体《からだ》ががくがくしてくるのだ。

「窓、開けて見てみる?」と、ちょっとあきれたように志郎さんが言う。私は、頭をぶんぶん横に振る。

「ねえ、そっちに行っていい?」

「ああ、いいよ」

志郎さんは分厚い羊毛布団をぽっかりと開けてくれる。その温かそうな闇《やみ》の中に、私は大急ぎで滑りこむ。私の身体をぎゅうっと抱きしめて、「うわっ、ひゃっこい!」と志郎さんが叫ぶ。

「ああ、あったかい。安心だ」と私。

「悪い夢を見た子供みたいだな」と志郎さん。

あの頃、志郎さんはうんと私に優しかった。そりゃそうだろう。結婚したばかりの私にいろんな負い目があったのだ。

両親と妹、大の仲良し家族のもとから私を遠く連れ去って、こんな地の果てまで連れてきてしまった（妹が虫垂炎で入院したときも帰ってやれなかった）。おまけに、お気楽なＯＬ以外の仕事をしたことがなかった私を、いきなり小さな宿のおかみさんにしてしまった。それなりの都市生活を楽しんでいた私に、裏の畑の開墾を手伝わせ、カナブンの襲来やエゾシカの食い荒らし、真冬には水道管が破裂する寒さを体験させた。

ここへ引っ越してから、もう何度、故郷に帰ろうと半べそをかいたことだろう。

「あれ、なんの音かな」

うとうとしながら私が訊くと、

「冬将軍が様子を見にくる音だよ。この家にはおれたちの居場所はあるか。入りこむ隙間があるかって」

「ないよね」と言って、私はもっとぎゅうっと志郎さんに抱きつく。男のくせにきゃしゃで、あんまり強く抱きつくとへにゃっとなってしまいそうな、わらみたいに細い身体。

「隙間を作らないようにもっと抱きついちゃおう」

志郎さんも負けじと私を抱きしめる。慣れない土地と仕事でやせ細り、女体の魅力なんてちっともない、紙みたいに薄っぺらな私の身体。

私たちの小さな宿の名前、お宿かみわら。

それは志郎さんの苗字でいまは私の苗字にもなった「香美原《かみわら》」を、そのままつけたわけなんだけど。

ホームページを開設するときに、ちょっとだけ英語の紹介文をつけた。志郎さんはアメリカに留学していたことがあるから、英語が得意なのだ。英文を考えながら、ひとりでくすくす笑っていた。

「カミワラ。紙と藁《わら》。ペーパー・アンド・ストローだ」

志郎さんは面白そうに言った。そして、トップページの「お宿かみわら」というタイトルの下に、「Paper and Straw」と付け加えた。

「なんだか、吹けば飛びそうな名前だなあ」

そう言うと、

「そうかな。昔ながらの手仕事っぽい感じがしていいじゃないか」

そんなふうに、志郎さんは愉快そうだった。

ぱきん、ぱきん。ギシギシギシ。

あれから、七年。

いまなら、こうして布団にすっぽり包まれて半分眠りながらでも、あの音がなんなのか、よくわかる。

あれは、雪の重みに耐えかねて折れ落ちていく枯れ枝の音。

そして、夜半に静かに水面を閉じていく凍り始めた湖の音。

森の精がぱきぽきと手折《たお》る凍った藁。冷たい指先がめくろうとする湖面の上に広がった氷の紙。

森の精は、凍った藁をペンに、氷結した湖を紙にして、今宵《こよい》、一篇の美しい詩を書くのだ。

その詩はきっと、夜明けとともに届く朝の光にたちまち溶けて、目にする者は誰ひとりいない。

そんなことを考えながら、うとうと、眠りにつく。

ねえ志郎さん。そっちに行っていい？

そんなふうに甘える夜は、最近すっかり遠のいてしまった。

来年のいま頃には、もう二度と、あの音に目覚めることもない。

私たちはこの小さな宿をたたむことにしたのだ。

新しい年がくるまえに。

北海道・道東。森深い湖畔の小さな宿。

お宿かみわらは、一日ひと組のお客様を大切におもてなしします。

自家製の野菜とオホーツクの海の幸を中心とした素朴な料理。

小さな露天風呂からは満天の星が眺められます。

都会の喧騒《けんそう》から解放されて、森の精の囁《ささや》きを聞きにきてください。


ホームページのトップには、志郎さんが撮った森と湖の写真と、私が苦労して書いた文章が掲載されている。

別荘地として分譲された一区画を購入し、一日ひと組の客をもてなす宿をつくった。友人の家を訪れたような、居心地よくてあったかい宿を経営する。旅が大好きな志郎さんが、結婚するまえから私に語っていた夢。それを結婚と同時にかなえてしまった。少々強引には違いなかったが、なんていうか、私は志郎さんのそういうところが好きだった。

付き合い始めた高校時代からちっとも変わらない。突き抜けてまっすぐで、ずんずん進んでいく。自分の夢をあっさり軌道修正するのも厭《いと》わない。最初は大学教授になりたかった。それから金融工学の専門家を目指して、留学先でスノーボードに目覚めて、各国のスノボエリアを放浪。そのうちに旅が大好きになって、人との出会いが忘れがたくて……小さな宿を経営する、という究極の夢に行きついた。

アメリカの有名私大を出て、東京の外資系企業に勤めていたのに。かわいくてイケてる女の子がきっとまわりにたくさんいただろうに。故郷である地方都市のサエないOLをやっていた私と飽きもせずに付き合い続けてくれた。

「そりゃあ魅力的な子はいっぱいいるさ。でも、奈緒くらい自然体で接して、ガハハって大口開けて笑えて、オナラが出ちゃっても『あっごめん』って許し合える子は、ほかにいないんだよな」

だからさ。結婚しよう。このさき、ずっと一緒に生きていけるように。

それが、プロポーズの言葉だった。

起床は五時半。夏はまだ明けきらない薄もやの中、庭の野菜をとってくる。冬は凍死してしまいそうな寒さの中、宿じゅうの暖房を入れて回り、リビングの暖炉に火を入れる。

心をこめて、ふたりで朝食のしたく。お客様が起きてくるのは七時から八時くらい。寝坊をする人もいるけれど、それぞれのペースにゆっくりと寄り添って朝を始める。

朝風呂から上がってきたお客様に、地元の牛乳と熱いコーヒーを差し上げる。どんな人でも笑顔がほっこり出る。それが私たちにとって早起きへのご褒美《ほうび》だ。静かなピアノ曲をＢＧＭに、とれたて野菜やオムレツの朝食をお出しする。食後はコーヒーをゆっくり飲んでいただき、たまには暖炉の前でお話しする。夏には、ため息の出るほど美しい冬の星座の話を。冬には、涙が出るくらいすがすがしい夏の朝もやの話を。どのお客様の顔も、やわらかに、おだやかに和《なご》んでいるのがわかる。

十時にお見送り。「また、必ず来ます」とどなたもおっしゃる。「きっと、帰ってきてくださいね」と私たちは手を振る。さびしいけれど、きっとまた来てくださる、と信じて送り出す。まるで故郷の両親を、友人を見送る気分で。

それからは戦争。部屋の掃除、風呂の掃除、買い出し、メールのチェック、夕食の準備。考えてみたら、予約の入っている日は、日中、自分たちの自由時間はほとんどない。その夜のお客様をお迎えする準備でめいっぱいなのだ。けれどきっと満足していただきたい。まだ見ぬお客様の笑顔を思って、はりきってしたくする。

午後三時から五時のあいだ、お客様が到着。森深い小道で迷う人も多い。そんなときは志郎さんが迎えにいく。私はアロマキャンドルを焚《た》いて、髪を直し、薄い口紅をつけて待つ。

「奈緒さんってすっごくかわいいですよね。憧《あこが》れちゃうな」と、一度だけ、面と向かって言われたことがある。東京の外資系企業に勤める、美人OLの堀田《ほった》さん。めちゃくちゃてれたけど、堀田さんとはいまもときどきメールして、交流している。あれ以来、意識して、ちゃんときれいな身なりでお出迎えすることにした。田舎にいるからって、都会の華やかな人たちを迎えるからって、後ろ向きになることとなんてない。自然体でかわいいおかみさん目指して気持ちを入れよう。そんなふうに思うようになった。

お客様をお出迎えしたあとは、夕食のしたく。海の幸と自家製の野菜をメインにしたレシピは、全部自己流。でも素材がいいから、本当に喜んでいただける。食事のあとは、皆さんそれぞれにくつろぐ。暖炉の前で読書したり、ビールを持っていって露天で長風呂したり。私たちは、けっしてその邪魔をしないように。お声をかけられたときだけおしゃべりに加わる。地元の話、自然の話、季節の話。お客様の目がとろんとするまでお付き合いすることもある。

そうして夜半に、ようやく私たちは自由になる。最小限の読書とメール。大好きな編み物をする力はもう残っていない。それぞれのベッドに入って、ぱちん、と電気を消す。

「今日のお客様、楽しい人だったね」と志郎さんの声は半分夢の中。

「ほんと。明日のお客様は、どんな人かな」と私もうっとりまぶたを閉じて。

ぱきん。ぱきん。ギシギシギシ。

森の精が、詩を書く音。はるかな音に、いっぺんに眠りの淵《ふち》へと落ちていく。

あれは、去年のこと。結婚して六年目、赤ちゃんができた。

とくに欲しいと思っていたわけではないし、仕事のことを考えると、いないほうがいいかな、と漠然と思っていた。それなのに、小さな命が私の中に宿ったのだ。

私は戸惑った。なかなか志郎さんに打ち明けられなかった。けれど、私の体調があきらかに変わったことに志郎さんが気がついた。恐る恐る妊娠を告げると、志郎さんは、怒ったような泣き出しそうな、すごくヘンな顔になった。そして突然、ぶつかるみたいに、しっかりと私を抱きしめてくれた。

「よかった。よかった。ありがとう。奈緒、ありがとう」

何度も何度も、ありがとう、ありがとう、と囁いて、なかなか離してくれなかった。志郎さんは、泣いていた。それで、私ももらい泣き。

故郷の両親も妹も、それはそれは喜んでくれた。母は、出産前後にはしばらくこっちに滞在して宿を手伝ってくれると約束してくれた。こうなったら何があっても仕事と育児の両立をやり抜こう、と心を決めた。

それなのに。

妊娠五カ月目、流産してしまった。

それだけじゃない。私はそれで、すっかり体調を崩してしまったのだ。半年間、道立病院に入院した。志郎さんは宿の経営と私の看護で、どれほど大変だっただろうか。

このままじゃ、まずい。

私は焦った。焦れば焦るほど、空回りする。赤ちゃんと、宿と、志郎さん。何もかもが遠くにあって近づけない。心が晴れない。むしゃくしゃする。私はいつまでもめそめそと泣いてばかりいた。

病室でひとり、眠れぬ夜を過ごした。ぱきん。ぱきん。ギシギシギシ。聞こえるはずのないあの音が耳の奥にこだまする。来る夜も来る夜も、私は考えた。考えて考えて、考え抜いた。

このままじゃ、いけないんだ。

ある日、とうとう私は志郎さんに告げた。

離婚したいの、と。

元気で明るい奥さんをもらって、「お宿かみわら」を続けて。そう言葉をつなごうとしたとき。

「おれも、君に聞いてほしいことがあるんだ」

宿を閉める。今年いっぱいで。

志郎さんは、そう告げた。

宿を閉めて、奈緒を連れて故郷の町へ帰る。そこで奈緒に元気になってもらって、新しい生活を始めるんだ。

おれの家族も、奈緒の家族も、みんな待ってくれてる。子供はまたできればうれしい。でも、できなくたっていい。奈緒が元気でいてくれたら、それが一番。奈緒が、おれの人生の宝物なんだ。どんなものにも代えられない、宝物なんだ。

おれの、いまの夢？　聞いて笑うなよ。すごく、単純だから。

奈緒と一緒に生きることだよ。ずっとずっと、一緒に。


十二月。連日、予約はいっぱいになった。「お宿かみわら」の閉鎖を惜しんで、たくさんの常連客の方々が来てくださった。全国から、メールも手紙も電話も、ほんとうに、泣けるくらい、いっぱいいっぱい、いただいた。

少し体調の戻った私は、できる限り手伝った。とはいえ、料理の下ごしらえをするくらい。長いこと立っているとすぐに疲れてしまう。申し訳ない気持ちでいっぱいになる。けれど志郎さんは、「お迎えとお見送りだけ、頼むよ。かわいいおかみさん」と楽しそうに言う。

お迎えとお見送り。私はきれいにお化粧して、とっておきのセーターを着て、玄関に立った。志郎さんと、ふたりで。

お見送りのとき、私たちはお客様に、一枚の紙と一本の藁を手渡した。不思議なギフトにびっくりされたが、「ああ、『かみ』と『わら』なんですね」と、すぐに笑顔で応えてくれた。ポケットに突っこむ人、大切にノートに挟む人、「サインしてください」とせがむ人。それぞれの反応が楽しかった。

「これはね、シロウ。古代から伝えられた人類の知性の源だ。この『紙』と『藁』がなかったら、こいつは生まれなかったはずなんだから」

ノートパソコンを指差しながら、そんなふうに言っていたのは、志郎さんの大学の恩師。アメリカから家族で駆けつけてくれた。

一日一度の、あたたかな出会いと別れ。いつかまた帰ってきてくださいとはもう言えなかったけれど。

そうして迎えた、最後の夜。

こうこうと月が、なめらかなビロードの夜空にぽっかりと浮かんでいる。

ぱきん。ぱきん。ギシギシギシ。

あの音が、遠くはるかに聞こえている。私はむくっと起き上がると、裸足で志郎さんの横に立った。すっかりくたびれて、すやすや眠る志郎さんの、ずいぶんやせた寝顔。

「ねえ、そっちに行ってもいい？」

ごく小さく、囁いてみた。それなのにすぐ、志郎さんの布団はぽっかりと開いた。ほの温かい闇。やわらかな積み藁のような、なつかしい志郎さんの匂い。

はかない一枚の紙と、たよりない一本の藁。

けれどふたつのあいだには、ほんの少しの隙間もない。

空っぽの時間

バベルの塔だ、と誰かが言った。いや、バベルの塔じゃない。バブルの塔。私が勤める外資系ファンド企業が入居する高層オフィス。都下ではもっとも賃料が高いほうだし、とにかく目立つ。だから、新興企業や外資系企業が数多く入居している。当然、儲《もう》かっていない企業は入れない。この「バブルの塔」に入っていること自体、大変なステイタスなのだ。

いい場所だと思う。都心にあるビルの五十階と五十一階。皇居の森も、国会議事堂も、レインボーブリッジもよく見渡せる。晴れた日には遠く富士山も見える。夜になればはるか下方に宝石の粒のような夜景が広がる。人間が普通に暮らす位置じゃない。神様が居座る場所。そんな感じ。

もっとも、あまりぼんやりと景色を眺めている余裕はいままでなかった。時々刻々のトレーディングでは、ほんの三秒、コンピュータの画面から目を離した隙に大商《おおあきな》いが成立していたりするのだから。ニューヨークの取引が活発な時間帯――東京の夜――は、スターバックスにコーヒーを買いにいくのですら憚《はばか》られるのだ。

ぎゅうぎゅうに混雑する時間、ぎゅうぎゅうの毎日、ぎゅうぎゅうの人生。

「堀田《ほった》さん、メシ行かない？」

同期の川上君にランチに誘われた。私は気のりしない声で答える。

「今日はやめとく。ちょっと目が離せないから」

オンラインの画面をみつめながら、さりげなく断る。ほんとは、このオトコは要注意人物だ、って私の中のハザードランプが点滅しているからなんだけど。

川上君は来月に結婚を控えている。学生時代から付き合っていた彼女がいたのに、「男女ともに年収二千万以上」が条件の合コンで知り合った女の子に乗り換えた。去年、上場を果たした不動産企業の取締役を務める彼女は、二十九歳の若さで上場益三億円を手にしたという。電光石火で川上君は彼女との結婚を決めた。まえの彼女と別れるのに百万円の手切れ金を渡した、とお酒の席で同僚に自慢げに話していた。

「最近の女の子ってドライだよなあ。カネさえ渡せば、わかった、じゃあいいよ、さよなら、だもんな。おれ、ちょっと傷ついちゃったよ」

そう言いながら笑っていた。それから、川上君は私に訊《き》いた。

「堀田さんならさ、結婚前提に付き合ってたオトコから、別れたい、って手切れ金とか渡されたら、どう?」

私は即答した。「そりゃいただくわよ」と。

「オトコの都合で別れるんだったら……でもってそいつがお金持ちなら、目に見えるかたちでケリつけたほうがいいんじゃない? まあ、こっちから『カネよこせ』とは言わないでしょうけど」

「へえ、言わないんだ?」

「だって、おカネの問題じゃないでしょ」

「それって、矛盾してない? 目に見えるかたちでケリつけるのがいい、って言いつつ、カネの問題じゃない、って。逆のこと言ってる」

川上君に限らず、わが社の男性社員は他人の上げ足を取るのが大好きだ。ずけずけとプライベートな話題に立ち入ってくるのも。いや、あのときは、川上君自ら恋人との一件をあっけらかんと話題にしていただけで、私のプライベートな話題に立ち入ったわけではない。それにしても私は、いちばん触れられたくない部分に素手《すで》で触られたような、後味の悪い思いをした。

そんなこともあって、私は、川上君とは少し距離を置きたい気分になっている。もっとも、彼のほうはどういうわけだか、私への興味――親しみ、というより興味といったほうがより正しい――を隠しもしないのだけど。

ランチを断られた川上君は、「わかった。また今度」とその場を離れかけて、また引き返してきた。

「そういえばさ。ちょっと耳寄りな情報あんだけど。聞きたい？」

部内の人事異動程度の話なら聞きたくない。「別に」と答えると、川上君は私の横顔に自分の横顔を急接近させて囁《ささや》いた。

「うち、ヤバそうだって噂《うわさ》」

そのひと言は十分に私の関心を引いた。結局、私たちは「バブルの塔」最上階にある会員制クラブのいちばん目立たない席でランチをともにすることになった。

川上君は、披露宴《ひろうえん》会場となるホテルの対応が悪いとか、ベイエリアに新居のマンションを購入するのに急に銀行がローンに待ったをかけてきたとか、ひと通りネガティブな話題を並べ立ててから、

「うちのアメリカ本社が資金繰りに相当行き詰まってるらしいよ」

特別にネガティブなことを言い出した。

昨年来のサブプライム問題で外資系ファンドが軒並み業績悪化していることは、

ここ数カ月で恐ろしいほど顕著なことだった。

それにしても、社員は皆、なんとなく対岸の火事のように思っているようだった。私だってそうだ。百年近い歴史と伝統を誇り、一年まえには空前の収益を叩《たた》き出した会社なのだ。ブラックマンデーをも乗り切ったわが社が、そうやすやすと破たんするはずなどない。

「実はさ。おれ、抜けようかと思って」

転職を考えている。唐突に川上君は告げた。私は少なからず驚いた。

「なんで？　ヘッドハントでも仕掛けられてるの？」

「いや、むしろその動きが先月くらいから止まったんだよ。だからさ」

外資系ファンドに勤務する優秀な社員の引き抜きは、私が入社三年目のあたりからかなり頻繁《ひんぱん》に行われていた。私は入社八年目だが、外資系企業の社員がもてはやされていた時期は、月に数件もヘッドハンティングの会社から声がかかった。確かに、先月くらいからその動きが止まっていた。

「ねえ堀田さん。おれと一緒に会社やらない？」

その日の川上君は、何かと唐突だった。かつ、アグレッシブだった。

もともと自分の話をするのが中心で、こっちが話す段になるとたんに目がうつろになる。それが川上君の会話スタイルだった。基本、なんにも聞いちゃいないのだ。

それにしても、会社を興《おこ》すなどという大それた話を、ディズニーランドへデートに誘うみたいに気軽に持ちかける態度にあきれてしまった。

「ずいぶん唐突な話ね」

「唐突じゃないよ。おれたち、ちょっとまえからプラン練ってたんだ。うちでいちばん優秀な同期を誘うって決めてたし。で、君がその人」

「おれたち、って誰よ」

「おれと美弥《みや》」

美弥さんは川上君の婚約者だ。一度だけ、同期会に呼ばれてやってきた。その場で婚約発表したのだ。

御社社員の川上さんと、弊社役員のわたくしの結合で、ウィン＝ウィンの関係を目指します。

そんなふうにあいさつしていた。まるで会社の合併報告みたいだった。

「だって美弥さん、いまの会社の役員でしょう。上場したばっかりなのに、役員が抜けて別の会社なんか作れるの」

「ホテルを運営する子会社を作るらしくて、そこの社長におれを据《す》えたいらしいんだよ。で、おれとしては、おしゃれな北国のプチホテルに通ってる堀田さんを役員として迎えたいわけ」

おしゃれな北国のプチホテル。お宿かみわら、のことか。ときどき出かけていっては元気をチャージして帰ってきてたんだけど。

「私が北国のプチホテルに通ってるなんて話したっけ？　よく覚えてるわね」

いつも人の話なんか聞いていないくせに。

「自分が興味あることはね」

つまり、君に興味があるってこと。

川上君は、私からちらりとも目を逸《そ》らさずにそう言った。

私は、答えなかった。「イエス」とも「ノー」とも。

私のほうは、オトコとしての川上君には興味などない。けれど、彼が持ちかけてきた話には興味があった。

もっと言えば、私自身の勘が――八年間も昼夜分かたずサバイバルゲームを続けてきたトレーダーとしての勘が、このままじゃまずい、とハザードランプを点滅させていることに気がついた。

このままじゃ、きっとまずいことになる。けれどゆっくり落ち着いて考えを巡らせる時間など私にはなかった。

結婚をまえにして、川上君は会社に退職願を出した。送別会の席で、私の耳もとに最後の囁きを残すのも忘れなかった。

いい返事、待ってるよ。

複雑な気分だった。彼のことを恋していたわけでもないし、プロポーズされたわけでもない。なのに、さきに辞めていった彼を追いかけたいような気分になっていた。

そして、その日がやってきた。

百年近くの歴史と伝統を誇るアメリカ最大手ファンドだった、私の会社。

あっけなく、破たんしたのだった。

まさに、沈没する巨船。ずぶずぶと、為《な》す術《すべ》もなく、海の底へと引きずりこまれていくだけだった。


皇居のお堀端にあるカフェのテラス席。そこに、私はひとりで座っている。自然とあくびが出てしまうようなのどかな午後だ。

初冬だというのに、ぽかぽかと暖かい日だまりは春を感じさせる。絵に描いたような小春日和《びより》だ。お堀端に続く桜並木の枝にはつぼみひとつぶもない。こんな丸裸の木が、春になればいっせいに花開くんだな。そんなふうに思いを巡らせながら、間近に広がる薄青の空を仰ぐ。

「バブルの塔」にいた頃には、こんなふうに空を仰ぎ見ることなどなかった。だって、自分が空中に浮かんでいたのだから。

とっくに空っぽのコーヒーカップを下げにきた女の子が、「おかわりをお持ちしましょうか」と訊く。私はうなずいた。

「じゃあ、カプチーノを」

「かしこまりました」

女の子はオーダー用紙にオーダーを書きこんでから、テーブルの上に置いてあった花束に視線を送ってにっこりとした。

「お花、すてきですね。どなたかのお祝いなんですか」

私は「ああ、これ？」と、なんだか気恥ずかしくなった。

「友人の結婚祝いなんですよ」

「そうなんですか。冬の花束なんて、なんだかあったかい気分になりますね」

アイコちゃんラテあがったよ、とマスターらしき人の声に振り向いて、女の子は「はあい」と元気よくカウンターへ駆けていった。大学生のアルバイトかな。初々《ういうい》しい様子を見守って、ほんのり微笑する。

そうだ。私にも、あんな時代があった。アメリカに留学する費用を貯《た》めようと、カフェのアルバイトに家庭教師、塾の講師と三つも四つもアルバイトをかけ持ちしてたっけ。家庭的にも経済的にも恵まれていなかったから、どうにか成功したかった。自分の力で。

進学も留学も就職も昇進も、自分の力で勝ち取ってきた。そういう誇りが私にはいつもあった。

だから、他人の力に依存しよう、なんて思ったことなどなかった。たとえば、川上君のように、親の力に、先輩のコネに、妻となる人の立場にたよってのし上がる、なんて、まったく想像の範疇《はんちゅう》を超えていた。

けれど、世の中というのは、特に経済の世界というものは、要領のいい人間が主流を作っている。要領よく流れを作り、それに要領よく乗っていく。金融工学は、確かに昨今の経済のありかたを大きく変えたけれど、同時に要領よく潮目を読み流れに乗る人のみが成功する、というスタイルをも作った。幻のような巨大なマーケットの海を自在に泳げるのは、要領のいい人たちばかりだ。不器用に、また武骨に生きていく人たちに、勝利の採算などない。

勤務先の会社の経営破たん。結局、日本の大手ファンド会社に吸収されて、一応の収拾はついた。リストラで解雇された社員は六百人近かった。私は、どうにかその対象から逃れられた。会社は、あの「バブルの塔」から八階建てのビルに移った。現実じみた場所に移って、なんだかほっとした。

少しだけ心に余裕ができたとき、川上君のことを思い出した。

この結末を予想して、さっさとひとりで先に行ってしまったのだ。とことん要領のいいやつ。

考えてみれば、あのとき、私をこうなってしまう未来から救い出そうと声をかけてくれたのかもしれない。

君に興味がある、と彼は言っていた。どんな興味だったのか、知る由《よし》もないけれど。


その川上君からメールがあった。一度ゆっくり会いたいな、と。

破たんのごたごたがあって、結婚のお祝いも言えずじまいだった。そして、新規事業へのお誘いに返事もしていなかった。

だから今日、こうして花束を準備した。白い薔薇《ばら》とピンクの百合。大人のカップルにふさわしいように、有名ホテルのフラワーブティックで予約して作ってもらった。ブランドにうるさい川上君だから、これで文句はないだろう。女性から男性へ花束なんて、ちょっと気恥ずかしい気持ちもあるけど。

約束の時間より一時間も早く、私はカフェでひとりの時間を過ごした。破たんのごたごたがあってから、生活はいっそう乱れ、思考は混乱していた。

静かに時間を過ごしてみたかった。土日を使って、ひさしぶりに「お宿かみわら」に行こうと思っていたら、驚いたことに「閉宿のおしらせ」がきたのだった。経済危機の影響がこんなところまできたのだろうか、と一瞬ひやりとした。閉宿の本当の理由はわからなかったが、大好きな場所をひとつ失って、さびしい思いがした。

お堀端のカフェで少しだけゆっくりと過ごそう。そう思って早めに出向いた。川上君は時間きっかりに現れた。「よお」と手を上げて合図する彼に向かって、いきなり花束を差し出した。

「何これ?」

きょとんとしている。私から花束を受け取るなんて、よっぽど想定外だったんだろう。その表情がおかしくて、私は思わず笑い出した。

「決まってるじゃない。結婚のお祝い。遅くなっちゃったけど……ご結婚、おめでとう」

川上君は、じっと花束に視線を注いでいたが、

「ありがとう。でも、受け取れないよ」

そう言った。私は意味がわからずに、彼の顔を見つめるしかなかった。そのあと、乾いた唇からこぼれ出た言葉は、信じられないものだった。

「結婚の話、白紙に戻ったんだ。彼女の会社が破たんしたから」

私は花束を抱きしめたまま、ひと言も発せずにいた。

美弥さんの不動産会社は、実はうちの会社や他の外資系ファンドに依存していたらしい。つい数カ月まえまでは順調だったのに、突然資金繰りが悪化した。倒産は一瞬だった。ホテル事業の話も、当然水泡に帰した。そして、結婚の話も。

「彼女のほうから、『結婚は白紙撤回します』って言ってきたんだ。ウィン＝ウィンの関係を望んだけれど、逆にお互いがマイナスになっちゃう。あなたに迷惑をかけられない、って」

川上君の顔からは精彩が消えていた。強気で生意気でお山の大将みたいだった彼が、しおれたひまわりのようにうつむいている。見るに堪えなかった。

ウィン＝ウィンの関係。結婚にまで、そんなビジネスゲームのような言葉を使わざるを得ない弱さを、川上君と美弥さん、両方に感じた。

「そうなんだ」と、私はようやくつぶやいた。「じゃあ、いま川上君、どうしてるの」

「何も。失業保険もらいながら、次に進むべき道を探してる」

力のない声で、そう答えた。私は黙ってその横顔を見つめていたが、

「チャンスじゃない？」

そんなふうに言った。

「もう、なんにもたよらなくっていいってことなんだから。自分の力で一から始めればいいのよ。仕事も、美弥さんとの関係も。だから、ビッグ・チャンスだよ」

川上君は、ようやく顔を上げて私を見た。そして、少しだけ笑顔になった。

「強いなあ、堀田さんは。自分だって大変だろうに」

私はうなずいた。そして、笑顔で返した。

「楽しみじゃない？　一から始められるなんて。すごいじゃない？　誰にも頼らないなんて」

川上君は、今度こそ、ほんものの笑顔になった。

私たちはそれから、陽が傾くのにも気づかないほど話しこんだ。結局、川上君は花束を持ち帰った。それを持って、もう一度美弥さんにプロポーズする。そう決めたのだ。

胸に大きな花束を抱いて、川上君は笑顔で帰っていった。

私は三杯目のカプチーノを頼んで、もう少しだけ、ひとりの時間、もう何年ぶりだろう、空っぽの時間を楽しもうと思った。

おでき

あんまり恵まれた人生じゃなかったかもしれない。

なんて、いきなり人生を総括してしまうには、私はまだ若すぎるとは思うけど。ただいま二十二歳と四カ月。大学受験は滑りまくり、でもとにかく東京に出てきたかったからしぶしぶ入った第四志望の大学四年生。三年生の夏から必死に就職活動して、ようやく決めた都内の某住宅メーカーA社（いわゆる中小企業の部類に入る規模）。派遣とかバイトじゃ未来がないから、どうしても正社員になりたかった。

とりあえず就職できたから、故郷で姉と暮らす母に電話した。母は、そりゃもう大喜び。ただでさえ仕送りはスズメの涙（スーパーのパート勤めの給料から工面して送ってくれている）、奨学金とバイトで学費と生活をかつかつにやりくりしてた。だから私が曲がりなりにも正社員に内定したってことで、母は「これでもう仕送りせんでええんだわいや」と肩の荷が下りたらしい。苦労をかけたなあ。じーんとなっちゃって、「お母さんに初給料でなんか買《こ》うて送ってあげるけえね」とか約束までしてしまった。

だけどつい先週、信じられない事件が勃発《ぼっぱつ》。なんと、内定取り消しの電話が。

「えっウソっ⁉　取り消しなんて、そんなのアリですか⁉」

全身冷や汗ってこのことか。もう冬なのにめっちゃ熱くなって、私は携帯電話に向かって叫んでしまった。

『残念ながら』と、沈む電話の声。A社の人事部、新規採用担当の初芝《はつしば》さんだ。面接のとき、優しそうでいい感じのお姉さんだったし、私は一方的に心の中で（先輩、よろしくお願いします！）と語りかけていた。一カ月まえ、内定をもらったとき、『おめでとうございます！　これからはご一緒にわが社をもり立てていってくださいね』なんて、いい感じの先輩メッセージを送ってくれたのに。

「残念なんてそんな。ナシですよそんなの、絶対ナシ！」

私は食い下がったが、

『この不景気でリストラ断行になってしまって……本当に心苦しいんですが、新入社員を採用する余裕がなくなってしまったんです』

向こうも心底がっかりしている空気が伝わってきた。なんだかこのまま初芝さんもリストラで辞めさせられてしまうような予感さえして、私は「はあ」と力なく返事する以外なかった。

不景気を盾に将来有望な若者が進む道をブチ切ってしまうなんて……なんつう会社なんだ。

ああ、やっぱり私の人生の設計図、あんまり幸せには描かれていない。

「あたしって、生まれつき恵まれてない運命なのかなあ」

お堀端にあるカフェ「キャナル」。大学に入ってすぐ、バイトを始めた。気のいいおじさんマスター、小菅《こすが》さんに、ついついぼやいてしまう。

ちくちくと不満の多い人生で、ほとんど唯一、私が大好きだって思える場所。

春には水面すれすれに桜が覆いかぶさって、いちめん白い雲のように花が咲く。夏には桜の枝が緑色の陰を作り、秋には落ち葉が舞い、冬枯れの木もなんだかせいせいとして気持ちがいい。四季折々の風景を、ほとんど毎日、カフェの窓から眺めて過ごした。

お菓子の店頭販売やら病院の受付やら、いろんなバイトをしたけど、ずっと続いているのはここだけ。ほかのバイトも続けたかったのに、いつだって雇い主の都合で、はい、おしまい。ここのところ、不景気を理由にバイトもどんどん打ち切られてしまう。卒業まであと数カ月、「キャナル」のバイトだけでなんとかつないでいこう、と思っていたのに。

「また出たね。アイコちゃんの『あたしって恵まれてない』発言」

コーヒーを淹《い》れるお湯を沸かしながら、マスターが面白そうに言う。

「だってえ。いきなり内定取り消しですよ〜。マジっすか？　って感じ。ってか、それくらいじゃ済ませらんないですよ。もうあたし、完全にトラウマできちゃった」

「トラウマ『できちゃった』って……なんかそれ、使い方まちがってんじゃない？」

「心的外傷ですよ。まちがってないもん」

こう見えても私は、一応心理学専攻なのだった。とはいえ、専門的なことなど何ひとつ理解してないんだけど。

マスターは私のぼやきには完全に慣れていて、どんなにブーブー言っていても、いつもにこにこするばかりだ。私は仕方なく、窓の外、お堀の水面が午後の陽射しにきらきらと揺れているのを見遣《みや》った。

何ごとも起こらない、平和を絵に描《か》いたような、平凡で退屈な午後。

カランカラン、とドアに吊《つ》るしたベルを鳴らして、すらっとした美人が入ってきた。わっ、なんか超イケてるキャリアウーマンっぽい人。上質なニットのワンピに、仕立てのいいジャケット。すごくセンスのいい花束を、テーブルの上に置いた。注文はカプチーノ。平日の午後のカフェで、花束を抱いて人待ち顔。いったい、何をやってる人なのかな。

カプチーノができ上がるまでの数分間、マスターに気づかれないように、こっそりとため息をつく。

私には、あの人が過ごすような午後は、このさき永遠に訪れないいんだろうな。


私のふるさとは、山陰地方のなあんにも特徴のない田舎にある。

東京からそこまでたどりつくのはけっこう大変だ。お金ももちろんかかる。だから帰省するのは年に二回。いわゆる「盆と正月」ってやつだ。

東京を二十三時に出る夜行バスに乗って、JRのYという駅に午前七時に到着。そこからローカル線に乗って、無人の駅で降りて、一時間に一本しかこないバスを待つ。バスに二十分乗って、田んぼ沿いの道端のバス停で降りて、一本道をとことことこ、十分以上歩く。

それでようやく見えてくる、仲良く並んだ町営住宅の、ペンキの剝げた赤い屋根。その中のひとつが私の実家だ。

母は姉と私を産んでから、父のＤＶに遭って、すごく苦労してなんとか離婚した、と大きくなってから聞かされた。だから、私は父親の顔も名前も知らない。でも父がいないことをさびしいと思ったことは一度もない。こんなに楽しくてにぎやかな母をいじめた理由がわからないし、暴力を振るったのが本当ならば、それは絶対に許されることじゃないし。そんな父親なんか、全然、いらない。

母は明るい、大きい人だ。母は私にとって母で、父で、友だちでもある。スーパーのパートとほかにもいくつかのパートを掛け持ちして、私たちを育ててくれた。とっても大変だったはずなのに、母が何か文句を言ったりぼやいたりしているのを聞いたことがない。

そんな母をずっと見て育った姉は、ものすごいしっかり者だ。高校を卒業してすぐに地元の農協の職員になったが、「あんたは大学くらい行っとかにゃいけんよ」と一生懸命お金を貯めて、私の大学入学の資金を作ってくれた。

「東京って、えっとにぎやかふうだげなあ」

私の上京が決まってからは、母は夢でも見るような目つきでよくそんなふうに言ったっけ。何しろ、母も姉も生まれてから一度も東京に行ったことがない人たちだ。もちろん、受験するまえは私もそうだった。私たち母子にとっては、東京へ行くのは外国へ行くのとおんなじくらいの心理的距離があった。

「えっとにぎやかだわいや。愛子、あんた誘惑に負けてから、勉強せんとわやくしよったらいけんでえ」

姉は妹にきちんと釘《くぎ》を刺すのも忘れなかった。自分は二十六歳になるまで（いや、なっても）生真面目《きまじめ》ひと筋、全然遊ぶチャンスがなかったのだ。妹が都会の誘惑に負けて勉強そっちのけで遊ぶことになったら、そりゃくやしいだろう。

「大丈夫だわいや。うち、姉ちゃんに似て真面目やけえ。勉強とバイト以外興味ねーもん」

そう言いながら、もしも合コンで「嵐《あらし》」の二宮《ニノ》似の男子に言い寄られたりしたらすぐついてっちゃうし！　などと、心の中では妄想を膨らましていた。

もちろん、ニノ似の男子に言い寄られるはずなんかあるわけない。それどころか、バイトと授業とレポートが忙しくて、合コンするチャンスさえ巡ってこなかった。っていうか、合コンを仕こんでくれるような気の利《き》いた友だちにも出会わなかったし。

母や姉がうらやむような華やかな都市生活は、実のところ全然享受できなかったわけだ。

田舎にいても、東京にいても、どちらかというとあまり恵まれていない私の生活。

せめて東京で就職して、いっぱいお金を稼いで、母に仕送りし、入学資金を姉に返す。安定した職場と、ある程度の収入。それが私の究極の（そして目先の）人生の目標になっていたのに。

目の前で開きかけていたドア。その向こうに続く道。悪くない、いや、なかなかいい風景が見えかけていた。

それなのに、歩み出そうとした鼻先でいきなりドアが閉められてしまった。

そうして、いま。ただぼんやりと立ち尽くすしかない。

進むことも戻ることもできない、寒風の吹くお堀端のカフェの中。

内定取り消しから丸三日。

「あのー、マスター。ちょっと、ていうか、一生のお願いがあるんですけど……」

いつもと変わらない平日の午後の「キャナル」。お客がいちばん入らない時間を見計らって、私は切り出した。

内定取り消し事件を母にも姉にも打ち明けられず、私は悶々《もんもん》としていた。もしもいま私が大学三年生だったとしたら、あと半年かそこらのシューカツ猶予がある。卒業間際になって就職先がないとなると、就職留年もできないし、そうなれば今後どの会社にも新卒採用してもらうのは絶望的だ。必然的に就職浪人になってしまう。派遣に登録してしのぐことも考えたけど、このところの社会情勢を考えると、派遣から正社員に昇格するのは至難の業《わざ》だ。となれば、私には就職先に関して選択肢がなかった……この「キャナル」以外には。

マスターはいつものにこにこ顔で、

「休みが欲しいなら、いいよ。実家に帰るんだろ？」

などと言っている。私は、「違いますよ。その逆」とすかさず返した。

「当分、実家には帰りません」

「なんで？　テスト終わったら休みだろ。早めに帰ってあげたら？　お母さんもお姉さんも待ってるだろうし」

私は首を横に振った。

「内定取り消されて、家族に合わせる顔なんて、ないです」

私は、ちょっとずるいことを考えていた。就職先がなくて、思いっ切りしょげたふりをしていたら（いや、実際マジでしょげてるんだけど）、マスターのほうから言い出してくれるんじゃないかな、なんて。

よかったら、しばらくうちで働いたら？

そう考えながら、私は二重にずるいことを考えた。このさきずっと「キャナル」

に居座るつもりはないし、そうなったら困る。ちゃんとした就職先がみつかるまで、あくまで腰かけとして、週五日か六日フルタイムで働かせてもらって、でもシューカツの時間は優先させてもらって……などと。マスターは、私が困っているのをここのところずうっと見ている。恵まれない女子大生のちょっとしたわがままくらい、聞き入れてくれるだろう。

そう思いつつ、もじもじしていると（マスターのほうから「うちで働いたら？」と言ってくれないかなあ、というアクションのつもりだった）、マスターが痺《しび》れを切らしたように言い出した。

「ねえアイコちゃん。おれ、アイコちゃんにまえから言おう言おうと思ってたことがあるんだけどさ」

キタッ。

「はいっ！　はいはいはいはい！　なんでしょうかあ？」

私のやたら明るいリアクションに、マスターはちょっとだけ引いたみたいだった。そして、私のにっこにこの顔に向かって、ひと言、言った。

「ふるさとに帰りなよ」

は？

あまりにも意外なことを言われて、顔いっぱいに広げていた笑みが収拾つかなくなってしまった。今度はマスターのほうが笑い出した。

「あはは。なんだかすごいヘンな顔になってるよ」

ヘンな顔って……。お年頃の女子に向かってそりゃ失礼すぎませんか、マスター。

「君がうちでバイトするようになってから、ずうっとそう思ってたんだよ。東京でのシューカツがんばってたから、あえて言わなかったんだけどさ。アイコちゃん、いつもお母さんやお姉さんの話してくれただろ？　苦労かけたぶん、今度はなんとか自分ががんばって心配かけたくないんだ、ほんとの意味で自立したいんだ、って」

「恵まれてない人生だから、ってぼやきつつ、ですけど」と私は自虐的なことを言ってみた。マスターはもう一度、あはは、と笑い声を立てた。

「まあ確かに、正直、学生だけどバイトしなくちゃなんない事情があったり、内定取り消されたりで、恵まれてない、って言えばそうかもしれない。でもおれから見れば、アイコちゃんはかなり恵まれてるよ」

「どこがですか？」とすかさず返した。なんだか、優しい口調でいじめられている気分になってきた。

「明るいお母さん、しっかり者のお姉さん。帰ろうと思えばいつでも帰れるふるさと。それから、これからは家族にたよらずにがんばろう、っていう君自身の気持ち。望んでもなかなか手に入らない、すごく大切なものが全部あるじゃないか」

　そこまで言ってから、マスターの笑顔はほんの少しさびしさを帯びた。

「おれには、全部ないよ。親きょうだい、カミさん、ふるさと。何ひとつない。誰にも頼らずがんばろう、っていう気持ち以外は」

　そこでようやく、私は、マスターから一度も自分の過去や家庭について聞いたことがなかったと気がついた。

　マスターはおだやかな声で、淡々と話し続けた。

「おれも都会でツッパって生きてきて、気がつけば親きょうだいはみんなあの世に行っちゃってさ。カミさんには愛想《あいそ》尽かされちゃうし、ふるさとだった場所には戻る家もない。しょうがない、ここでこうして死ぬまでコーヒー淹れながらくたばるか。そんなふうにあきらめたら、いつのまにか楽になったよ」

　意外な告白だった。

　いつもにこにこしているマスター。優しいマスター。私のぼやきを笑って受け流してくれるマスター。

　あたたかな人の心にも、消せないシミのようなものがあるってことにちっとも気がつかなかった。

なんだか、胸が詰まってしまった。返す言葉がなかなか出てこない。

「苦労して東京に出てきたんだから、こっちで結果を出そうとするのは悪いことじゃない。でも、故郷に帰る、っていう結論を出すのだって悪くない。あてもなく東京にこだわり続けるのは無意味だよ」

東京で無理してひとりで生きていくよりは、ふるさとで無理なく家族と暮らしていくほうがずっといいだろ。

マスターはそんなふうに言った。

「内定取り消しになったことだって、きっと感謝する日がくるよ。『ぼやきのアイコ』のトラウマなんて、いつかきれいさっぱり治っちゃう。あとかたもなく取れちゃうよ」

「……トラウマ『取れちゃう』って、それ、使い方まちがってません？」

マスターの話を聞くうちに、ほんのり涙ぐんでしまった私は、ごまかすように笑いながら言った。

「まちがってないよ。このまえ、自分で言ってたじゃないか。『トラウマできちゃった』って。あれ聞いたとき、なんだかおできみたいだなって思って、おかしかった。きっとおできみたいに、そのうちぽろっと取れて、あれっ、って。アイコちゃんなら、それでけろっとするんじゃないかって」

私は思わず、笑い出した。

おできみたいなトラウマ。おでこにちょこんとのっかったトラウマを想像して、本格的におかしくなった。おかしくて、笑いが止まらなくなった。笑って、涙がいっぱい出た。

そうだ。そういうのがいい。心にいつまでも残るシミじゃなくて、ぷつんとできた、おでき。

シュークカツ全滅。内定取り消し。だからとにかくそっちへ帰る。そう私が告げたら。

お母さん、がっかりするかな。あんたに全部賭《か》けてたのに、って。お姉ちゃん、怒り出すかな。あんたにさんざん投資したのに、って。

でも、わかってよね。このおでき、早めに治したいし。特効薬はたぶん、故郷《そっち》にあるんだ。

缶椿

ぽつんと椿《つばき》の花が、咲いている。

会社の女子トイレの、洗面台の上。

小さなスチール缶に挿されて置いてある。なんの変哲もないただの缶。けれど、ぴかぴかに磨かれて曇りも錆《さび》もない。間近で見ると、顔が歪んで映るくらい。

缶の花瓶はもうずっとそこにある。四季折々の花を活けられて。

女子社員たちが毎日繰り広げるくだらない井戸端会議のほとりで、けなげに咲く花。

「でねでねでね。こっからがおもしろいのよ。営業の井島君、ほら、最近うちの会社の近所に『ひなた』っていうワゴン車のお弁当売りが来るじゃん？　そこでお弁当売ってる女の子にすっかりラブでさ。『美咲《みさき》ちゃんっていうんですよ、超かわいくって。どうやってデートに誘ったらいいか教えてください』って、あたし、相談されちゃってさ」

先輩社員の岡部さんが、毎日の定例、女子トイレ井戸端会議を開いている。参加メンバーはいつもいっしょ。人事部の中田さん、総務部の森下さん、そして私。ランチタイムのあと、歯磨きのタイミングを微妙に合わせて、この四人が揃ったところで、「ねえねえねえ、知ってるぅ？」と岡部さんが始める。

ほかのふたりが本気で岡部さんの話を面白がっているのかどうか、わからない。けれどゴシップ話が始まると、とたんに「それでそれで？」と岡部さんのまわりに集まって、興味津々《きょうみしんしん》の表情で聞き入る。ここが聞きどころというポイントでは、大げさに「きゃはは！」と笑うことも忘れない。そして、別の女子社員が入ってくると、急に声をひそめてひそひそ。ときにはすっかり口を閉じて、その人が出て行ってしまってから、「さっきのあの子さあ。外反母趾《がいはんぼし》なんだって〜」と、取ってつけたような噂話でまた盛り上がる。

まったく、そんなことどうでもいいじゃない。

「ねえねえねえ。初芝《はつしば》さんはどう思う？」

聞き流しているときに限って、急に話をふられる。

「え？　えーと……ごめん、なんのことだっけ？」

　正直に言うと、そこでまた全員、きゃははは、と大げさに笑う。

「やっだーもう、初芝さん、ぼーっとしちゃってぇ。なーんか、誰かに恋煩《わずら》いでもしてんじゃないのお？」

　きゃははははは。また笑い声の合唱だ。恋煩い、なんてことなど全然ないけど、私は自然と赤くなってしまう。

「まったく、初芝さんはスレてないっていうか、人がいいっていうか。そんなふうだから、いやな仕事を全部押しつけられちゃうんじゃん？」

　岡部さんが両腕を組んで言う。この人は、こんな感じでいっつも上から目線なのだ。かつ、この世界のすべてをわかりきったような言い草。そんな言いかたないでしょ、と言葉が口もとまで出かかっている。だけどやっぱり、ひと言も返せない。

　中田さんが愉快そうな口調で追従《ついしょう》する。

「そうだよ。だからこのまえだって、人事部長に『君が適任者だ』とかいいように言われてやらされちゃったんじゃない。禁断の『NG』」

「そうそう、NGNG！」

　三人はきゃっきゃと喜んでいる。私は弱々しく笑って「まあね」と応えるしかない。

ＮＧ、というのは、この「定例女子トイレ井戸端会議」に出てくるいくつかの隠語で、「内定切り」のことだ。人事部の採用担当その他雑務をしている私は、つい先月、部長に命じられるままに大役を遂行したのだ。前代未聞の「内定取り消し」を直接学生に伝達する、という大役を。

私が八年間勤めている中堅住宅メーカーのＡ社は、今年、世界同時不況の波をもろにかぶった。上半期は社員全員で踊り出しそうなほど好調だった。ところが下半期は社員全員がステップを止めた。そして、信じられないような大リストラが始まったのだ。

「内定取り消しなんかさあ、リストラに比べればまだましな話だよ」

岡部さんが、両腕を組んだ「上から目線」で続ける。

「だって、学生さんたち、まだ仕事が始まるまえに結論出してもらったわけでしょ？　まだまだ若いし、夢も希望もあるんだし。この会社はだめ、はい次！　って感じで、さっさと次の進路に進めるわけじゃん。だから、初芝さんはいいことをしたってことよ。こんな会社じゃなくて、ほかのもっといいとこへ行けるように内定取り消してあげたんだからさ」

それじゃなんだか、私ひとりが「内定切り」をしたように聞こえるじゃないか。

「ねえねえ、あらためて初芝さんどう思う？　うちの『派遣切り』。誰が入ると思う？」

　私の肩に手をかけて、岡部さんが妙に親しげに訊く。

　その手には乗らない。私が具体的な名前を挙げたら、あっという間に彼女経由全社員に拡がってしまうんだ。

　私が弱々しく笑うだけなので、つまらないと思ったのか、岡部さんはふたりの女子社員に向かって断定的に言った。

「まあ、総務と人事と営業と、それぞれの部署で雑用やってもらってる女子派遣は軒並み切られるはずだよね。それにもっと末端の……たとえば掃除のおばさんとかも」

「えー、それはそれでまずいよね」

　森下さんが、いかにも困った、という感じで呼応する。

「だってさあ……ってことはつまり、あたしたちがそういう雑用、全部やることになるわけじゃん？　いまだって十分やらされてるのに、この上派遣さんがやってるようなことまでやるの？」

「トイレ掃除とかまで？」と中田さん。

「そりゃないでしょ。掃除のおばさんの人数は減るだろうけど、掃除は掃除のおばさんがやるもんだし」

岡部さんが、また断定的に言った。森下さんと中田さんは、あはは、と笑った。

「そりゃそうだよね。掃除のおばさんにも最低限の仕事あげなきゃ」

三人は手を叩いてきゃっきゃと笑っている。私ひとりだけが笑えない。かといって、怒ることも、抗議することもできず。うなずくことも、首を横に振ることも。なんにもできない。

無力な私。


椿が、今日もぽつんと咲いている。女子トイレの片隅に、あの缶の花瓶に挿されて、いちりんだけ。

冬には、椿。春になれば、菜の花。

夏には、あじさい。ムラサキツユクサ。秋にはススキ、もみじの小枝。

四季折々の花々を、飾ってくれている人。その人のことを、私は密かに知っていた。

掃除のおばさん、市村さん。三年くらいまえから、シルバー専門の清掃派遣会社から派遣されて、この会社の清掃に来てくれている。

朝、トイレに入ると、鏡も床も便器もぴかぴかに磨いてある。朝一番で市村さんはトイレの清掃をしてくれている。そして、彼女がこの会社で働き始める以前にはなかった、花いちりん。

最初、花はパイナップルの空き缶に挿されてあった。おや、と私はすぐに気がついた。そのときもたしか、椿の花。無機質な会社のトイレにぽっと点《とも》ったキャンドルのような明るさが、その花にはあった。誰だろう、総務の女の子かな、と思ったけど、うちの会社の女子社員にそんな気の利《き》いた子はいない。

パイナップルの空き缶の紙ラベルは、水でへにょへにょになっていた。気になったので、ラベルを外した。すると、銀色の地肌が現れた。私は缶をお湯でよく洗って、水をたっぷり入れ、もと通りに椿を挿して飾った。それだけなのに、その一角はいっそう明るさを増した。

翌日見ると、缶に活けられた椿がふたつに増えていた。いちりんだと据《す》わりが悪いから増やしたのかな。なんだかあたたかい気分になった。寄り添って咲く、ふたつの赤い花。

これがほんとの、缶椿だな。

そんなことを思って、ひとりで笑った。

市村さんのことを最初に認識したのは、花が飾られるようになって数カ月後。いつもランチタイムのあとに始まる井戸端会議のときだった。

自分でもわかっているんだけど、私はけっこう気が弱い。長いものには進んで巻かれるタイプだし、声の大きい人をいつも恐れている。子供の頃からそうだった。厳格な父と、おとなしい母。親であれ友だちであれ、相手の機嫌が悪いときは、暗雲が通り過ぎるのを身を屈めてじっと待つ。そうすれば、何もなかったようにもと通りになる。いつのまにか身につけた処世術だった。

子供の世界にも大人の世界にも、私のような気が弱い人間を引き連れていばって歩くのが好きな人というのがいる。悲しいかな、こういう人たちに私はいつも好かれた。この会社に入ってからも、そう。人事部に所属している私は、あまり進んでやりたくないような仕事を押しつけられた。たとえば派遣会社との連絡係で、人員調整。たとえば採用担当で、「残念ですが」と伝える役。社内から上がってくる人事的なクレームの窓口。「初芝さんは和み系だから、いやなことを伝えられても相手は許しちゃうんだよ」などと、あまり名誉ではない評価を同僚から与えられたりして。

そんな私だから、いつのまにか形づくられたゴシップ会議のメンバーに気がついたら組みこまれてしまっていた。取るに足らない人の噂に尾ひれ背びれをつけて、就業中にもかかわらず延々しゃべる。会議の主宰者・岡部さんは、このために会社に来ているんじゃないかと思うほど、入魂のおしゃべりを披露するのだった。

女子トイレという聖域だから、誰にも邪魔はされない。あるとき、ある女子社員の噂話を(いや、あれは露骨な悪口だったと思うが)いつも以上に口をきわめて岡部さんがぶち上げていた。二十分近く続いただろうか。辟易《へきえき》しながら仕方なく聞き流していたが、さすがに席に戻らなければまずい、と思った私は、

「あ。そういえばコピーの途中だった。ちょっと失礼」

急に気がついたふりをして、さっとトイレの外へ出た。そのとき、ドアの横に立っていたおばさん。それが市村さんだった。

中で井戸端会議が延々開かれているものだから、遠慮して入っていかなかったのだろう。清掃道具を足もとに置いて、両手を前に組み、壁に背をもたれたりせず、きちんと立っていた。出てきた私と目が合い、小さく会釈《えしゃく》をした。ふと、組んだ両手に握られている黄色いものに目がいった。

それは、菜の花だった。

季節は三月。春まだ浅く、寒い日々。トイレの缶に、しばらく花が活けられていなかった。こんな時期だから飾る花もないのかな。そんなふうに思って、ちょっとさびしく感じていた。春になったら、誰かさんは花を持ってきてくれるかな、と。

ああ、この人だったんだ。

すばやく名札を見た。達筆の手書き文字で、「市村」と書いてあった。自分でも

意外だったが、次の瞬間、私は彼女に声をかけていた。

「あの、そのお花、ご自宅から持ってこられるんですか？」

最初、きょとんとした表情になった。そしてたちまち、その顔が崩れた。はにかむような笑顔になって、市村さんは「はい」と答えた。

「アパートの庭に咲いておりますものを大家さんに分けていただいたり、通勤途中にみつける野草なんです」

私は微笑んだ。朝早く、市村さんが季節の花々を手折《たお》る姿が脳裏に浮かんだ。

「そうなんですか。いつも思っていたんです。すてきだな、って」

市村さんの顔が、ぱっと明るくなった。もっとはにかんだ笑顔になって、今度は市村さんが訊いてきた。

「あの、もしかして……缶をきれいに磨いてくださったのは、あなたですか？」

私はちょっと面食らった。パイナップルの缶をきれいにしたのなど半年もまえのことだ。私は、「ええ、ラベルが剝がれかけてたので」と答えた。

市村さんは、「そうですか」と言ってから、ていねいに頭を下げた。

「ありがとうございます。おかげさまですてきな器になりました」

そんな些細《ささい》なことで年長の女性に頭を下げられてしまって、私はすっかり恐縮した。

「そんな。お礼を申し上げなくちゃいけないのはこちらです。いつもきれいにしてくださって、ありがとうございます」

「いえいえそんな。これは、私のお役目ですから。いつもきれいに使っていただいて、ありがとうございます」

私たちは、トイレの前でひょこんひょこんと頭を下げ合った。

「ちょっとお。初芝さん、コピーの途中じゃなかったの？」

とげとげしい声がした。振り向くと、岡部さんたちゴシップ軍団が立っている。背筋がひやっとした。

「ああ、すみません。中に入ってもよろしいですか？」

市村さんがあわてて訊いた。岡部さんはその問いには答えずに、

「だめでしょ？　仕事サボっちゃ」

と、市村さんと私の両方の顔を見て、諭《さと》すように言った。

それから、市村さんと私は、顔を合わせればぽつぽつと会話をするようになった。無理に話題を作るのではない。お天気の話とか、通勤途中にみつけた花の話とか、ごく簡単な会話。それでも私は、さりげない交流を楽しんでいた。毒々しい井戸端会議にはないやわらかな空気が、市村さんと交わされるほんの二言三言にはあった。

どことなく品のある女性。きちんとあいさつをし、いつも「ありがとうございます」と頭を下げる。ただそれだけだったけど、私も含めて、ただそれだけのことをできない人がいまの世の中多いんじゃないだろうか。

それから三年間、花は咲き続けた。春には桜の小枝、夏にはオシロイバナ、秋には小菊、冬には椿。こんなふうに、このさきもずっと、咲き続けてくれるんだと思っていた。

ほんの数日前、市村さんの所属する清掃会社に、契約打ち切りの通達をするまでは。


嵐のようなリストラが始まった。

社内でも希望退職者を募《つの》り、あの人は辞めるだろう、この人はしぶとく残るだろう、と井戸端会議も火がついたように盛んになった。岡部さんは、リストラの対象になった人たちをひとりずつやり玉に挙げてせせら笑っていた。三十五歳までの若手社員は対象になっていないというだけで、まるで自分が勝ち組の権化のようにふるまっていた。

私はというと、迷っていた。自主退職者には退職金が支払われる。それをもとに、何か次のステップを考えるのもいいかもしれない、と真剣に思い始めていた。これ以上、何かを押しつけられながら働き続けるのは苦しい。やりたくもないことをやらされ、聞きたくもない話を聞かされ続けるのは。

経費の見直しも進んでいた。人事面の経費削減リストを作成していて、ぎょっとした。

リストの中に、「清掃会社の変更」とある。市村さんが所属している会社から、別の割安の会社に替えるというのだ。私は、珍しく部長に抗議した。

「いまの清掃会社にとても優秀な人がいます。契約打ち切りにするのは、もったいないと思うんですけど……」

人事部長は、珍しい動物でも眺めるように私を見た。

「何言ってんだ？　掃除なんて誰がやっても同じだろ？」

そう言われて、押し黙るしかなかった。

二月の終わり、市村さんの最後の出勤の日。私は朝早く起きて、自宅の庭に出た。そして、椿の枝にはさみを入れた。いくつかの花が、ぽろぽろと足もとにこぼれ落ちる。

「何やってるの、こんな朝早くから」

ベランダから母が声をかける。私は無言で枝を切った。

即席に作った、椿の花束。

「何それ。どうしちゃったの？」

ランチのあと、椿の花束を持ってトイレに出向いた私に、岡部さんが面白そうに声をかけた。私は笑って、何も答えなかった。

トイレの中では、いつものようにゴシップ会議が始まった。私は入口の横に立って、その瞬間を待つ。

市村さんが、やってきた。いつものように、清掃道具と、手にはいちりんの椿。私の姿をみつけ、私が抱いている椿の花束をみつけて、一瞬、驚きの表情になる。そして、やわらかくその顔を崩した。

私たちは、お互いの手の中にある花を贈り合った。ありがとう、と言い合って。

市村さんの椿。あの缶に活けられて、いま、私のデスクの上にある。

ぽつりと点った灯りのようなその赤を眺めながら、私は思案している。

さあ、ここからどんな一歩を踏み出そうか。

ひなたを歩こう

どうして彼を好きになったかって？

それは、世の中の女子の大半がそうであるように、とてもささやかな理由。くだらない、って笑われてしまうかもしれない。けれど私は、彼が、いつも歩道のひなた側を歩いていくのが気に入っていた。

初めてのデートのとき、たしか、あれは二月の終わりの北風が吹く寒い午後。彼、翔太《しょうた》と私は、渋谷で映画を観《み》て、お茶でもする？　ということになって、映画館の外へ出た。急速冷凍されてしまいそうなほど、ぱきんぱきんに冷たい空気の中、翔太が先に、私が後に、つかず離れず微妙な距離で歩いていた。

最初のデートって、難しい。すぐにでも手をつないで歩き出したいのに、こっちから手を差し出したら、なんだか負けって感じがしてしまう。かといって、会ってすぐにいきなり手を握られてずんずん引っぱっていかれたりしたら、連行⁉　って感じでちょっとおっかなびっくりになってしまう。会ってから映画館とかカフェとか行って、ちょっと間を置いてから、さあ次、ってタイミングで、ごく自然に手を引いてくれたら。そんなふうに願っていても、なかなかこれが難しい。

スクランブル交差点で信号待ちをしているあいだも、私は気もそぞろ。ポケットの中で手のひらを結んだり開いたり。青信号になったら、思い切ってポケットからこの手を出して、フリーな感じでぶらぶらさせてみようかな。そんなふうにやきもきしていた。

歩行者信号が青に変わると、歩き出しながら翔太が、こっちこっち、と私を手招きした。私はちょこちょこと小走りに彼の背中を追いかける。

「何、なに？　こっちに、なんかいい店あるの？」

期待満々でそう訊くと、

「ひなたがある」

と言う。

へ？　と私がちょっと歩く速度を緩めると、

「気になってたんだ。さっき歩いてた歩道、陰になってたでしょ。ひなたの道を歩かなくっちゃ、なんだか人生もったいないない」

そう笑ってから、行こう、と手を差し出して、ごく自然に、冷たくなった私の手を握ったのだった。

翔太の手は、大きくて、あったかかった。まるでひなたそのもののように。

あとから聞いたんだけど、あのとき、私の手を握るために、映画館のエレベーターに乗った瞬間から、翔太は自分のコートのポケットの中で手をぎゅうっと握って温めていたんだとか。初めてのデートで初めて握られた手が、氷みたいに冷たかったら、ひゃっ！　って思わず引っこめちゃうだろ、と笑って。

ひなたの道を歩かなくちゃ、なんだか人生もったいない。

私はその言葉が気に入って、もっとこの人と一緒にいて、いろんな話をしたいな。そう思ったのだ。

自慢するわけじゃないけど、私、けっこうモテるほうだと思う。それまでも、何人かの男の子と付き合った。ボーイフレンドが途切れたことは、十二歳から二十二歳まで一度もない。そのときそのとき、それぞれの彼を大好きだった。でも、いつも何かがちぐはぐな感じがして、私のほうからさよならした。

ごめんなさい。あなたのことを嫌いになったわけじゃないの。でも、何かが違うみたい。そう言って。

よくよく考えると、付き合っている最中に、ちょっとでも自分の気に入らないことがあると（そしてそれはいつも些細《ささい》なことなんだけど）、この人じゃなくてもいいや、とすぐにふてくされてしまっていた。そのくせ、その気持ちを表には出さずにふるまっていたわけだから、私がさよならを告げるのは、いつだって相手にとって突然だったはずだ。

彼らは一様に戸惑っていた。おれのどこが悪かったの？　おれ、君になんかしたっけ？　おろおろしたり、怒り出したり、泣き出してしまう人もいた。そのつど、ああやっぱりこの人じゃなかったんだ、私がずっとこのさき一緒に歩いていくのは違う人なんだ、と、自分の判断を正当化した。

あっちから付き合ってほしい、って言ってきたんだ。私はそれを受け止めただけ。だから、私のほうからリセットする権利があるんだ。

そんなふうにも思っていた。

翔太の場合も、始まりは同じ。大学三年のとき、アルバイト先のカフェで、コックのまねごとをしていた同い年の彼のほうから告白してきたのだ。ギャルソンをやっていた別の男の子からも、実は同じタイミングで告白された。ちょうどまえの彼にさよならしたばかりだったので、新しい恋を始めようと、ちょっとわくわくしている時期だった。軽い気持ちで、まるでゲームを楽しむように、ふたりの男の子を比べてみた。このさきしばらく一緒に過ごすのに楽しそうなのはどっちかな？　って。

私は、翔太を選んだ。そのときの理由は、彼の作るオムライスの形がすごくきれいだったから。それだけだった。

二回デートをしてみて合わなそうだったら、すぐにさよならすればいいや。あいかわらず、ごく軽い気持ちで、私は彼を受け入れることにした。

そしてそのあと、初めてのデートでの彼の言葉。

彼の温かい手に冷え切った手を握られながら、弱々しい、けれどかすかなぬくもりのある冬の日射しの中を歩きながら、私は、自分の気持ちがふっと開いていくのを感じていた。

このさきしばらく一緒に、この人とひなたを歩いていくのもいいな。

そんなふうに思いながら。

そのあと、私と翔太がどうなったかって？

驚いたことに、私たちは、一緒に暮らし始めた。

言い出したのは、私のほう。だって、彼の作るオムライスが大好きだったから。

もう、毎日食べたっていい、ってくらいに。

　っていうのはタテマエで、本音は、一分でも一秒でも長く、彼と一緒にいたかったから。

　翔太は、なんていうか、いままで付き合ったどの男の子とも違っていた。何をするにも押しつけがましくなく（いままでの男の子は、『これ美咲《みさき》ちゃんが好きだと思って』とか、『美咲のためを思って』とか、点数を稼いでいるみたいなのがいやだった）、さりげない気配りがあって（コーヒーを注ぐまえにカップを必ず温めておいてくれたり）、いつもそばにいる感じを忘れず（寝るまえのおやすみメールには楽しい出来事をちょっとだけ書いて）、守ってくれているみたいで（バイトのシフトが一緒でないときは、私が上がる十分まえには店まで迎えにきてくれた）……その他、色々、色々。

　別にイケメンでもなし、特別おしゃれでもなし。当然、モテるはずもない。それなのに、付き合えば付き合うほど、私は翔太が大好きになってしまった。

「翔太の作るオムライス、毎日食べたい。バイトがある日もない日も」

　付き合い始めて半年経《た》った頃。翔太が私のアパートから帰るとき、玄関先で見送りながら、ふいにプロポーズじみたことを言ってしまった。

　だって、がまんできなかったのだ。翔太と一緒じゃない時間が、私にあるなんて。

「残念。それはできないな」

意外にも、翔太はそう応《こた》えた。

どきっとした。私が思っているのと同じことを、翔太も思ってくれていると信じていたのに。

ものの三秒で、私は泣き出しそうになった。翔太は、あわてて半泣きの私を抱き寄せると、早口で言った。

「毎日オムライスなんて、できない。美咲の大好きなメニューを、日替わりで作らせてくれよ」

そうして、私たちは一緒に暮らし始めた。

ぽかぽかと陽《ひ》のあたる、ひなたの匂《にお》いに満ちた小さな部屋で。


翔太が本当に毎日私の好物を作ってくれたかって？

そりゃあ、もちろん。本当に、彼は毎日毎日、日替わりで私の好物を作ってくれた。

カレー、カキフライ、明太子パスタ、ポテトグラタン、ハンバーグ、そしてオムライス。もともと料理が趣味で、バイト先のカフェでは「翔太がシフトに入ってるときは客のオーダーがどんどん入る」と評判だった。そんなこともあり、また、私のリクエストに意欲的に応えてくれたこともあって、翔太の料理の腕前はみるみる上達していった。

そして、いつの間にか、翔太は夢を描くようになっていた。

ささやかなお弁当屋さんをやってみたい。

旧式のフォルクスワーゲンのワンボックスカーに、小ぶりのランチボックスをいっぱい詰めこんで。ランチボックスはひとつ五百円。オプションで、日替わりスープと小さなデザートもある。

オフィス街や町なかの公園のひなたを選んで停《と》める。太陽が空の真ん中に届く頃、お腹《なか》を空かせた人たちが、小さなひだまりをめがけてやってきてくれるように。

大学四年生から一緒に暮らし始めて、お互いの両親にも紹介し合って、それぞれに都内の会社に就職した。はっきりしたプロポーズの言葉はなかったけれど、何年か経ったら、私は翔太と結婚するつもりでいた。そして、彼の夢をサポートしたい、と思っていた。

しばらくは彼と一緒にひなたを歩いてもいいかな、と思っていたけれど、いつしか、このさきもずうっと彼と一緒に歩いていきたい、と思うようになっていた。

社会人になって三年目。

翔太は、ついに移動式お弁当屋さんを開業した。

学生時代からの貯金全部を投入して（かつ、少々両親にお金を借りて）、まず、駐車場と少し広いキッチンのある郊外の賃貸の一戸建て平屋（かなりおんぼろの）に引っ越した。そして、中古のフォルクスワーゲンのワンボックスカーを購入。私は、会社勤めを続けて家賃を半分払い続けることで彼をサポートすることになった。ほんとは、すぐにでも会社を辞めて手伝ってあげたかったんだけど。ふたりで話し合って、私だけは会社を辞めないほうが何かあったときに保険になるだろう、と現実的な判断をしたのだ。でも、お店のロゴを考えたり、お弁当箱を選んだりするのを手伝わせてもらった。

翔太は、私に大役を任せてくれた。それは、お弁当屋さんの名前を考えること。私はうれしくて、でもちょっと緊張して、何日も何日も考えた。

会社のランチタイムに、同僚と近所の公園でお弁当を広げて、あっ、と思いついた。すぐにパソコンで打って、Ａ４の紙にプリントアウトして、急いで帰って、キッチンで試作品のお弁当を作っていた翔太に、「ねえねえ。こんなの、どう？」と見せた。

テイクアウトランチ　ひなた

翔太は、何も言わなかった。何も言わずに、私をぎゅうっと抱きしめた。

「ありがとう。おれ、一生この名前、大事にするよ」

耳もとに囁《ささや》きかけた声は、ほんの少し震えていたような。


それから、「ひなた」がどうなったかって？

うれしいことに、信じられないくらいうまくいったのだ。

最初は苦戦したけど、おいしいランチの口コミっていうのは、一度広まると、びっくりするような速さで定着する。翔太の作るお弁当のファンは着実に増えた。一年も経つと、「ひなた」の車の前にはずらりと行列ができるようになった。あまりの忙しさに、いいかげん、ひとりではやっていけなくなってきた。私は、そろそろ会社を辞めて翔太を手伝う気持ちを固めていた。

このまま事業が軌道に乗ったら、きっと翔太は「結婚」を申しこんでくれる。その日へのカウントダウンはもう始まっている気がした。

私たち、きっと一緒に幸せになれる。そう信じて、ちっとも疑わなかった。

それなのに、あっさりと、運命は私の期待を粉々に壊してしまった。

翔太のフォルクスワーゲンにトラックが突っこんだ、という警察からの知らせを、私は帰宅途中の路上で受けた。

そのあとのことは、あまりよく覚えていない。

病院で、狂ったように泣いて、泣いて、泣いた。

警察の人や、病院の人や、駆けつけた翔太の両親に、何か言われた。けれど、何ひとつ覚えていない。全部、夢の中の出来事のようだった。

集中治療室で、いろんなチューブを巻きつけられて、ベッドの上に横たわっている翔太。

今夜が山です、と、ドラマで聞いたことのあるセリフを、医師が告げたことだけ覚えている。

「手を、握ってもいいですか?」

そう訊いたと思う。医師がうなずいたのを、見たような気がする。

私は、恐る恐る、翔太の手を、そっと握った。氷のように冷たい手……を、想像しながら。

その手は、不思議なことに、ふんわりと温かかった。

冬の日の午後、初めて私の手を握った、あのときのままに。

ああ、と私はほっと息をついた。涙が、こぼれた。安堵《あんど》の涙だった。

大丈夫。翔太は、生きている。

そして、きっとこのさきも、私たちは一緒に生きていく。

もう一度そう信じることができた。あの、手の温かさで。


それで、結局私がどうしたかって？

ご覧の通り。こうして、お弁当屋さんを切り盛りしている、ってわけ。

「テイクアウトランチ　ひなた」の営業マンとして。つまり、車を運転して、オフィス街まで出かけていって、お腹を空かせて列を作ってくれる人々に、翔太のお弁当を笑顔で売る。まあ、弁当屋のおかみさん、ってとこかな。

翔太は、下半身に麻痺《まひ》が残ったものの、料理の技術と味の感覚は断然向上。早朝からお弁当の準備にかかる。車椅子《くるまいす》で、狭いキッチンを器用にくるくる動く。私はいっさい、手を出せない。だって、そのほうが翔太はいきいきとして、自分の仕事に集中してくれるから。

事故のあと、しばらくして翔太が私に言った。別れよう、とひと言。

おれ、こんなふうになっちゃったし……君を幸せにできない。

美咲には、新しく人生、やり直してほしいんだ。

私、本気で怒った。何言ってるの？　って。

私をひなたへ連れ出してくれたのは、翔太でしょ。

あれからずっと、私はあなたと一緒に人生のひなたを歩いてきた。固く、手をつないで。

それなのに、その手を離すなんて、ひどくない？

これからもずっと歩いていこうよ。ふたりで、ひなたを。

「こんにちは。今日の日替わりは何かな？」

オープン直後にまっさきに現れるのは、オフィスにお菓子のデリバリーをしている赤松《あかまつ》さん。「ひなた」開業直後から、翔太のお弁当の大ファンで今日にいたる。翔太が入院してしばらく休業していたときは、ずいぶん気を揉《も》んでくれたらしい。再開したときは、花束とお菓子のボックスをお祝いに届けてくれた。翔太も私も、どれだけ励まされたことだろう。

赤松さんのように、「ひなた」の再開を待ちわびてくれていた人はたくさんいた。私は、翔太のお弁当がどれほど多くの人に愛されていたのかを知って、胸が熱くなった。

「今日の日替わりはカキフライとポテトサラダですよ」

「あ、それいただきます。スープとデザートもね」

「はい。いつもありがとうございます」

赤松さんはお弁当をマイバッグに入れながら、「なんかほっとするのよねえ。翔太さんのお弁当」と言う。

「なんだか、ひなたの味がする、っていうか」

そんなふうに言われれば、自然と笑《え》みがこぼれてしまう。


で、結論。

明日、翔太に告げようと思ってる。結婚しようよ、って。

私、ずっと翔太に寄りかかっていたと思う。でも、最近の私は、ちょっとたくましいんだ。彼に頼るばかりじゃなくて、少しリードもしてあげられる、なんて思ったりして。

これからもずっと、一緒に歩いていこうよ、ひなたの道を。そう言おうかな。

それってどうかな？　いいかな？　ヤバいかな？

かっこつけすぎかな？　笑われちゃうかな？

ねえ、どう思う？　聞かせてよ。

甘い生活

幸せすぎて、ちょっとヘン。

そういう状態のことを「多幸症《たこうしょう》」って言うらしい。

特に、恋愛をしている女性に多く表れるとかいう、この症状。病気かどうかは知らないけれど、まわりが見ていて「病気なんじゃないか」と疑うくらい、幸せがクライマックスになっちゃってる、とかなんとか。初めて聞いたとき、なんじゃそりゃ、と大笑いになってしまった。

「赤松《あかまつ》ちゃんのまわりにもひとりくらいいるはずだよ、そういう人」

高校時代の友人の美香子《みかこ》が、そんなことを言う。日曜日、ひさしぶりにふたりして都心のホテルのケーキバイキングに出かけたときのこと。

「そんな人、いないよ。こんなご時世、幸せすぎてヘンになっちゃうなんて」

もう何個目のスイーツだろう、ティラミスをフォークで口に運びながら、私は応《こた》えた。

「そうかなあ」と美香子が返す。

「あたしのまわりには、まさにいま、いるよ。会社の後輩だけど、なんか急に、ミヨーに色っぽくなっちゃってさ……メイクの仕方も変わったし、服の趣味もやたら露出度が高くなったし」

まあ、確かに。その程度の変化なら、恋する女子にはすぐに訪れそうなものだ。

「メイクや服が変わったからって、即『多幸症』ってことになっちゃうの？」

「まあ、そんなのは序の口だよね」

美香子は、モンブランの黄色いうずまきをフォークの先でつついている。

「言動とかも、なんていうか、ちょっと大胆になるっていうか。あたしにも『そんなの、納得できません！』とか平気で口答えして、けろっとしてるの。かと思うと、さっさと仕事して『おさきに～』って涼しい顔して出てっちゃったり」

「いいことじゃん？　効率よく仕事をこなせるなら、会社的にも『多幸症』大歓迎って感じじゃない？」

「それが、効率なんかちっともよくないんだってば」

モンブランの味が気に入らなかったのか、美香子のフォークが黄色い栗のペーストを皿の端っこに寄せる。

「仕上げた書類はミスだらけ、朝は目の下にくっきりクマ作っちゃって……仕事中もメールチェックばっかりしてるし、ぼおっとしてさ。ときどきひとりでへらへら笑っちゃってるし。ゆうべの彼とのアレやらコレやら思い浮かべてるんでしょ、どうせ」

美香子のフォークが、モンブランの頂上を真上からぐさっと刺した。私は、ちょっとだけぎょっとする。

「ああっ、にくらしいっあのコムスメ！　あたしが長年ねらってた営業部の田端君《たばた》をまんまとだまくらかしてッ！」

そのまま、フォークをぐりぐりぐり。私は、わりと血の気が引いた。

「そっか、田端君ね……。まじでねらってたんだ？」

確か、会社きってのジャニーズ系イケメンだとか、だいぶまえに聞かされたことがある。そりゃ、まんまとゲットできた女子は「多幸症」にもなるわいな。

ガシャン、と派手な音がして、美香子は崩れたモンブランがのっかった皿にがばっと突っ伏して「ああ〜〜っ‼」と獣がうめくような声を放った。私は、大げさでなく目が点になってしまった。

「なんで、あんな女が……あんな女が、あたしじゃなくて、あんな女が『多幸症』になるのよっっっ‼」

「ちょっ……美香子ってば！　声デカいよ！」

居酒屋ではなくホテルのケーキバイキングのテーブルで、酒乱（お酒飲んでないけど）になった友を私は懸命になだめた。ふたりのテーブルを包囲したマダムやきれいめOLたちの視線が痛い。

「あたしも『多幸症』になりたい……なってみたい……」

ううっ、ともうひと声うなってから、美香子はがばっと顔を上げた。

「ねえあかまっちゃん。あたしの代わりにあの女にリベンジしてくんない？」

突拍子もない依頼をされて、今度は私のほうがうめきそうになった。

「何それ……なんであたしがリベンジ？　ってか、別にその子が美香子に何かしたわけじゃないんでしょ？」

「いや、した。大いにした。田端君奪ったんだもん」

「奪ったって……付き合ってたわけじゃあるまいし」

がばっ、と今度は上半身を思い切りテーブルの上に乗り上げて、美香子は私に迫った。

「それが実はさ……実は……」

付き合ってたんだ、といきなり白状した。と言っても、社内他部との合コンで彼の横の席をゲットして、べろべろに酔っぱらって、無理やりひとり暮らしのアパートまで送らせて、勢いでベッドに引きずりこんで……一回だけやっちゃった、ってことらしい。

うわあ……もろ肉食女子の行動だな。

「それって付き合ってたって……言えるの?」

少々あきれて問いかけると、「いや。全然」と、美香子は大きくため息をついて答えた。

「でもさあ。成りゆきでそうなっちゃったとは言え、こっちはずっと好きだったからさ。次のアクション、期待してたわけよ。結局、あの女に持ってかれちゃったんだけど」

はあ、と大きくため息をつく。

ひさしぶりにケーキバイキングで食べまくりたい、と誘われたときは、彼氏ができたか失恋したか、どっちかだろうと踏んでいたけど。どっちでもあり、どっちでもなし……ってことか。

「で、あたしにどうしろっての?」

あきれたままで、一応訊いてみる。美香子はようやく落ち着いたのか、さびしそうな笑みを口もとに浮かべた。

「ごめん。リベンジってのは言いすぎた。でも、ちょっとあかまっちゃんに見にきてほしいんだよね。あたしが好きだった人を持ってっちゃった『多幸症』の子をさ」

　私は、大手製菓会社「ドルチェ・ヴィータ」の出張販売部門に派遣社員として勤めている。ピザ屋の出前みたいなスクーターに、色とりどりのお菓子が入った大きな箱を積んで、都内のあちこちの会社に「スイーツの出前」をする。ＯＬを中心に人気に火がつき、私の担当だけでも都内に五十カ所くらいある。美香子の会社には、実はまだ営業に出かけていなかった。

「総務部長に話通しておくからさあ。週明けに売りにきてよ。でもって……」

　美香子は再び、ぐしゃぐしゃになったモンブランのかけらにぐさっとフォークを突き立てて言った。

「あの女に死ぬほどスイーツ食わせて、見る影もなく太らせてやってよ」

　どうやら、リベンジの依頼は本気らしい。


　翌週、私は復讐《ふくしゅう》に燃える友の会社へスイーツを届けに参上することになった。

デリバリーボックスにさまざまなお菓子を詰めこむ。スクーターの荷台に留め金でぱちん、ぱちんと固定して、ヘルメットをかぶり、いざ出発。

制限速度を順守しつつスクーターを走らせながら、心底落ちこんでいた友に自分の過去の姿を重ね合わせる。

まあ、美香子の気持ちがわからないわけじゃない。

もともと、私もすごく恋愛依存体質なのだ。恋をすると、ばあーっと一気に燃え上がって、終わると、一気にへなへなーっと落ちこんでしまう。そんなアップ&ダウンを何度も繰り返すうちに、まあ、恋愛っていうのはそういうものだ、とようやく冷静に考えられるようになってきたのは、ごく最近のことだ。

恋をしているときは、自分が砂糖菓子みたいにとろけちゃってるからスイーツなんて必要ないし、恋愛フェロモンが出ているせいか、がつがつ何かを食べたりしない。自然と体重が落ち、すっきりして、新しい服のひとつも買いたくなる。ちょっときれいになった自分を鏡の中にみつけては、ひとりでにやにや。そりゃあ、まわりから見れば「多幸症」などと揶揄《やゆ》されてしまうわけだ。

失恋後は、まったく逆の行動に出る。とにかくスイーツの一気食い。見てくれなんか関係ないから、がんがんヤケ食いしてどんどん太る。休みの日も引きこもっているから、新しい服なんて必要ないし興味も湧《わ》かない。潤《うるお》いのなくなったカサカサお肌に、泣きすぎでくぼんだ目。鏡の中の自分を見ないように、洗面所でも下を向きっぱなし。見るからに「不幸症」だ。

美香子がこのさき、重度の「不幸症」にならないことを祈りたいところだ。

「こんにちは。『ドルチェ・ヴィータ』のスイーツデリバリーです」

総務部の入口で声をかけた。同時に振り向いた女子がふたり。ひとりはもちろん美香子で、もうひとりは……なんていうか、すごく雰囲気のあるかわいい女の子。

「お待ちしていました。まえに雑誌で見たことがあって、うちにも来ないかな、って思ってたんですよ」

すぐに席を立ってやってきたのは、かわいい女子のほうだった。美香子は出鼻をくじかれたように、こちらに顔を向けたまま浮かした腰を椅子《いす》に下ろした。

「『ドルチェ・ヴィータ』さんがいらしたら対応するように、総務部長に言われています。どうしたらよろしいですか?」

美香子がしきりに目くばせするのを見て、友の恋敵はこの子だな、とわかった。はきはきと明るく、しかもていねいな応対。瞳《ひとみ》はきらきらと、確かに恋する女子の輝きに満ちている。だけどへらへらもそわそわもしてないし、服装だっていたって普通の(というかむしろ地味なくらいの)ワンピースだ。美香子が言ってたのとは、ずいぶん雰囲気が違うけど。

「ありがとうございます。難しい対応は特にございません。週に何度かこちらへ伺《うかが》って、社員の皆様に個々に現金でお買い上げいただければ……。あと、ご希望があれば『スイーツ常備箱』というものもございます。お菓子の入った箱をオフィスに常備して、なくなったぶんを月末に集計させていただき、翌月初めに現金でお支払いいただくシステムになっております」

案内書を彼女に手渡しながら説明すると、一生懸命に目を通している。美香子が立ち上がって、こっちへ近づいてきた。

「ねえ真嶋《まじま》ちゃん、手始めに色々買ってみたら？　この『ドルチェスペシャル　一〇〇％カカオ』とか、『がち食いシュー』とか。『本当に甘いキャラメル』っていうのも、ちょっとよさげじゃない？」

露骨に高カロリーなお菓子を勧めている。やっぱり、リベンジは本気だな。

「ほんとですね、おいしそう。どれにしようかな」

「全部全部。あたしも買うから。それ全部ちょうだい、あかまっちゃん」

真嶋さんはかわいい柄のお財布から千円札を取り出しかけて、あれ、と反応した。

「おふたりは、お友だちなんですか？」

「あ……うん、まあね。そんなとこ」

私に思わず「あかまっちゃん」と呼びかけてしまって、美香子は苦笑いを浮かべた。私はちょっとおかしくなった。

「そんなにいっぺんにお買い上げいただかなくても大丈夫ですよ。たくさん買ってあとはなし、というよりも、ひとつ買っていただいてまた今度も、っていうほうが、私たちにはうれしいことですから」

そう言って、「はい。これがいちばんのおススメです」と小さな箱を手渡した。白いパッケージにピンク色のハートが飛び交うデザイン。真ん中に「甘い生活 La Dolce Vita」と商品名が印刷してある。

「当社がこの春発売予定の新商品です。デリバリーサービスで先行販売しているんですよ」

ホワイトチョコをサンドした豆乳クッキー。ヘルシーでカロリー控えめ、でもしっかり甘い。「恋するあなたと、恋に恋するあなたへ」というキャッチコピーもついている。「はい。美香子さんにも」と、もうひと箱を友の手にも渡した。

「わあ、すてきなパッケージですね。おいしそう。これ、買わせていただきます」

真嶋さんはいっそう瞳をきらきらさせて、本当にうれしそうな笑顔になった。美香子は、（ちょっとお。話が違うじゃないっ）と私に耳打ちをしてから、「ほんと。おいしそうよね〜。十箱買っとく?」と真嶋さんを誘う。真嶋さんは「それはさすがに多すぎですよ～」と楽しそうに笑っている。

なんか、いい子じゃない？　真嶋さんって。

会社を出てから、すぐに美香子にメールを送った。即、返信がくる。

くやしいけどね（苦笑）持っていかれちゃっても、しょうがないよなあ。

思わず微笑した。返事を打とうとすると、すぐにまた美香子からメールが入った。

そういえば「甘い生活」超おいしかった。来週も買おうねって、真嶋ちゃんと意見が一致しちゃいましたよ（苦笑×２）

美香子はああ見えて、けっこういい先輩なのだった。

それから毎週二回、火曜日と金曜日、私は友の会社にスイーツをせっせとデリバリーした。美香子も売り上げに貢献してくれたけど、真嶋さんがごく自然な感じのいい勧めかたで部内の女子や男子に広めてくれた。ふたりのおかげでわが社のスイーツ、特に新製品「甘い生活」は上々の売れ行き。私も営業成績が伸びて、その月は金一封のおまけまで付いてきた。

美香子の会社の営業部にもデリバリーに出かけたけど、どの男が例の田端君なのかはわからなかった。営業補佐の女子たちはせっせとお菓子を買ってくれたけど、男子たちは上司の目を気にしてか、甘い誘惑にはまってくれない。ところが、ホワイトデーの直前に、「そのお菓子、全部ください」と私の顔を見るなり近づいてきた男子がいた。

ピンクのシャツに赤いネクタイ。涼しげな目もとがなかなか凜々《りり》しい。もしやこいつか、と首から下げたIDパスを見る。田端広志《ひろし》、と名前が見えた。

やっぱり、と思いつつ、私は応えた。

「ありがとうございます。でも、今日は予約のお客様のものがほとんどで、あと十個ほどしか在庫がないんですが……」

バレンタインデーとホワイトデーは一日の売り上げが四倍にもなる。予約品を持ってくるだけでせいいっぱいだった。田端君は「じゃあ、その十箱、全部」とつまらなそうに言った。

「申し訳ございません。ほかにもお求めのかたがいらっしゃると思いますので、おひとり様ひとつに限定させていただいているのですが……」

突然。田端君は目を吊《つ》り上げて言い放った。

「いいよ、もう。客の言うことが聞けないくらいなら、入ってくんなよ」

ぷいっとデスクへ戻ってしまった。私は思わず肩をすくめて、オフィスを立ち去った。

なんだか、心配になった。真嶋さんのことも、美香子のことも。

あんな男と付き合ったって、甘い生活、なんて無理なんじゃないのかなあ。

「ホワイトデーにギフトはもらったんですか?」

ホワイトデーの週明けに、美香子たちのオフィスにデリバリーに行った。いつもの通り、まず最初に美香子と真嶋さんがやってきた。「甘い生活」を手に取った真嶋さんに向かって、私は何気なく訊いてみた。

ところが、意外な答えが返ってきた。

「いいえ。受け取り拒否しました」

真嶋さんは、きっぱりと言った。私は驚いて、美香子を見た。美香子は、私にすばやく耳打ちした。

（あいつ、最低だから。社内の複数の女子にちょっかい出してたのよ）

私は視線を真嶋さんに移した。きれいなフレンチネイルの指先が、ばりばりとパッケージを引き裂いている。

「ああ。思いっきり甘いもの、食べたい気分」

そうして、ぼりぼりと勢いよくクッキーをむさぼった。


その週末。

美香子と私、そして真嶋さん。女子三人で、都心のホテルのロビーに集結した。一緒にケーキバイキングに行こう、と誘ったのは美香子だった。

気にすることないよ。前向いていこう。あたしたちの思いっ切り甘い生活はこれからなんだから。

おしゃべりして、笑い合いながら、私たちはケーキを食べた。チョコレートも、アイスクリームも。お腹《なか》いっぱい、胸いっぱいになるまで。

幸せの青くもない鳥

失恋してしまった。

口説いてきたのは向こうからだったけど、結局けっこう、好きになっちゃった。何しろ、顔がよかった。社内では有名なアイドル系の顔立ち。考えてみると、私、いままでだって付き合う人を顔で選んでしまって、うまくいったためしがないのに。またもや、顔。イケメンに、どうしてこうも弱いんだろう。

なんかくらっときちゃったんだな。愛らしい子犬のような、きらきら光るつぶらな目でじっと見つめられて、「一度でいいから、会社の外で、ふたりきりで会いたいな」なんて言われて。そう、社内合コンの席で隣になったとき、そんなことがあって、ついついその気になってしまったんだけど。

今年のホワイトデーに、社内の女の子十人以上にお菓子のギフトを配っていたのが発覚。私のいる部内の後輩が、彼からもらったギフトを私に見せて、こっそり打ち明けてきた。「実は私たち、付き合ってるんですよ～」と、さもうれしそうに。

めったにキレない私だけど、ここでキレなきゃいつキレるんだ、って感じ。

その夜、ホワイトデーディナーだとか言って、彼にホテルのレストランに連れていかれた。テーブルの上に彼が差し出したスイーツギフトの箱を、「いらない」と突っ返してやった。

「なんで?」と彼が、いじめられた子犬のような目を私に向けてくる。

「別に」と私は居丈高《いたけだか》な態度でそっぽを向いた。

「そうか、こんなギフトより、もっと欲しいものがあるんだろ?　そう思って、今夜はこのホテルの部屋、予約しといたから。ね」

甘ったるい声を出して、彼の手が、テーブルの上の私の手を握ろうとした瞬間。

「ばかにしないでよ!」

お腹《なか》の底から頭の先まで突き抜けるような声が出た。満席のレストラン中に響き渡る怒声に、カップルたちの目がいっせいにこっちを向く。彼は、一瞬にして凍りついてしまった。

私は勢いよく立ち上がった。それから、コホン、と小さく咳払《せきばら》いをして、

「社内に何人彼女いるの？　そのうちのひとりなんて、私、ごめんですから」

そう言って、さっさと出ていってやった。

さすがに落ちこんでしまった。だって、もしかしてこの人と結婚？　寿退職？　披露宴は外資系ホテル？　新居はベイエリア？　なあんて、勝手に妄想《もうそう》膨らまし始めてたときだったし。

でも、あんなふうに、ごく自然に怒りの声が出たのは（ってそれも問題ある行為だけど）、こんな男を生涯のパートナーにして、このさき一緒に生きていくことなんてできっこない、という瞬間的な勘が働いたに違いなかった。

オトコってのはな。あったかいハートがあればいいんだ。

ずうっとまえに、そう忠告してくれた父の言葉を思い出す。

高校生になって、初めてボーイフレンドができて、家に連れてきたときのこと。「彼ができたら絶対紹介してね」とお母さんにしつこく言われていた。晴れてその日がやってきたのだ。まったく、お母さんたら、自分が高校生になって初めて彼氏ができたみたいにわくわくしちゃって、朝からはりきって食事のしたくをしてたっけ。

一方、お父さんのほうはだんまりを決めこんで、前日の夜から書斎にこもりっきりで、朝ご飯のときにのそっと出てきただけ。作家なんていう難しい職業を長らくやっているもんだから、お母さんも私も、普段からお父さんにはあまりかまわないことにしている。ほったらかし、ってわけじゃないけど、あまりかまうと仕事の支障になってしまうから。けれど、今度はどんな小説を書いたのか一番楽しみにしているのは、もちろんお母さんと私なのだ。

とにかく、彼がやってきた。お父さんとお母さんと、揃って食事をした。彼は緊張していたのか、あまり笑わなかったし、しゃべらなかった。帰るときには、お母さんが運転する車で駅まで一緒に送っていったけど、車の中でもなんだかみんな黙りこくっちゃって。

彼を家族に紹介するって、こういう感じなのかなあ。

そんなふうに、盛り上がらなかったことをちょっとだけ不満に思った。

翌朝、朝食のテーブルで、私の顔を見るなり、お父さんが言った。

衣里《えり》。オトコを顔で選んでたら、そのうちイタいめにあうぞ。

確かにそのときの彼は、クラス一、いや、学校一、いやいや日本一カッコいい、と思えるような男子だった。私は、さてはお父さんシットしてるな、とちょっといい気になって応《こた》えた。

別に顔でなんか選んでないよ。好きになった人が、たまたまカッコよかっただけ。

そうか、とお父さんはつまらなそうに応えた。私は、どこかくやしげな父を見て、心の中で勝ち誇ったような気分になった。十代の娘っていうのは、こんなふうに父親に対して残酷な生き物なのだ。

お父さんは、ごちそうさま、と席を立った。それから、思い出したようにひと言付け加えた。

オトコってのはな。あったかいハートがあればいいんだ。

そして、ぷいと書斎へ行ってしまった。十七歳の私には、お父さんの言っていることの真意がよくわからなかった。

何、あれ？　意味わかんないし。

ふくれる私を、お母さんが笑いながらなだめた。

お父さん、くやしいのよ。自分よりもいいオトコを衣里が連れてきたから。だけどねえ。お母さんは、お父さんの言ってることがわかるな。あなたはまだまだ若いから、そのうちによおくわかってくるわよ。

さすがに作家であるせいか、はたまた私よりもずっと長く生きているせいか、お父さんの言っていることは正しかった。

最初の彼は、わがままで自己中心的《じこちゅう》でナルシストだった。何人もの女子と付き合っていることがわかって、苦しんで、別れた。別れたことは、お母さんには伝えられたけど、お父さんにはどうしても伝えられなかった。

そのうちに、お母さんから聞いたのだろう、お父さんからメールがきた。「青い鳥」というタイトルのメール。

まあ、そういうことは誰にでもある。一度や二度の失恋なんかはね。そのうち、衣里めがけて飛んでくるよ。幸せの青い鳥が。

いつもむっつりと、どちらかというと無口でオタクなお父さんから、「幸せの青い鳥」なんて、時代錯誤なほどかわいいことを言われて、なんだか笑ってしまった。

幸せの青い鳥かあ。いつか、私のところにも飛んできてくれるのかなあ。

顔で選んだ男に失恋しました。実は、こいつと結婚するかも？　ぐらいに好きになりかけてたんだよね。だけどやっぱり、ダメなやつでした。

男はあったかいハートがあればいい。ずっとまえに、お父さんにそう言われたことを忘れていた罰なのかも。

私の青い鳥は、またどこかへ飛んでいってしまったみたい。

面と向かってはなかなか打ち明けられないけれど、私はいつもメールでお父さんに大切なことを打ち明けていた。今回も、恋をしているときは何も打ち明けず、恋が終わってからメールをした。朝、通勤電車の中で、ふと思いついて。

ランチタイムに携帯をチェックしたら、返信が入っていた。

そりゃ違う。その鳥は、青くもない鳥だったんだ。

予期せぬ瞬間、予想もしない方角から飛んでくるのが、衣里の青い鳥だよ、きっと。

かまえず、気取らず、がっつかず。衣里らしく、自然のままでそのときを待てばいい。

その鳥は、いや、正確にいえばその人は、本当に予期せぬ瞬間に、予想もしない方角からやってきた。

ゴールデンウィークが終わって、自宅の庭のつつじが白い花をいっぱいに香らせる週末。

友だちとの約束もなく、もちろんデートの約束もなく、出かける用事もなくて、退屈な午後を居間でテレビを見ながら過ごしていた。お母さんは友人とショッピングに出かけ、お父さんはあいかわらず書斎に引きこもり。私はソファにふんぞり返って、何度も何度も生あくびをして、みずみずしい桜の青葉の向こうに広がる青空を眺めていた。

こういうときだ、うじうじと後悔が湧《わ》き上がってくるのは。どうして彼と別れてしまったんだろう、なんであんなひどいこと言っちゃったんだろう、と思い返すのは。

カッコよかったんだよなあ、あの人。好きな顔だったんだよなあ、あの顔。

「あったかいハート重視」とお父さんに教えられたのに、本当のところ私は「なんで顔で選んじゃだめなんだ⁉」って思っているようなふしがある。顔が好みのタイプで、その上ハートもあったかい人だっているんじゃないか、と夢見ているのだ。

うーん、とソファの上いっぱいに伸びをした瞬間。ピンポーン、と玄関の呼び鈴が鳴った。飛び起きて、インターフォンに出る。

「はい、どちらさまでしょうか」

若い男性の声が聞こえてくる。

「こんにちは、青雲堂出版社の池野と申します。真嶋《まじま》先生はいらっしゃいますでしようか」

父の仕事関係のようだ。「お待ちください」とインターフォンを切って、父の書斎へ小走りして、ドアをノックする。「はい」と返事があってから、ドアを少し開ける。

「青雲堂出版社の池野さんてかたがお見えだけど」

背中に声をかけると、振り向かずに「入ってもらって」と父は言った。玄関へ急ぐ。壁に掛けてある鏡を見て、くしゃくしゃの髪を直す。来客があるとは聞いてなかったから、すっぴんだ。眉毛《まゆげ》も描いてない。まあ、しょうがないか。

鍵《かぎ》を開け、取っ手に手をかけて、がちゃっとドアを押し開けた。とたんに、ぺこりとていねいにお辞儀をする青年。

「いつもお世話になっております。青雲堂出版社、編集の池野です」

「こちらこそお世話に……」

言いかけて、ぎょっとした。

青年編集者、池野さんは、さわやかな笑顔を私に向けていた。それにぎょっとしたのではない。彼の肩先にとまっていたものに驚いたのだ。

清潔な白いシャツの肩先にちょこんととまっていたのは、一羽の小鳥だった。

私は鳥にはあまり詳しくない。けれどそれは、どこからどう見てもインコ。おそらくオカメインコだった。グレーの体に、黄色い頭。頭の上は、毛が立ってとんがっている。人間だったら、パンクっぽい髪形、って感じで。そして、ほっぺにはオレンジ色の丸ふたつ。まさに「おかめ」だ。

小さくてつぶらな黒い目のインコと、目が合った。私は一瞬、言葉を失って、それから思わず噴き出してしまった。

「あの……？」

私がうつむいて笑いをこらえているのを、池野さんは突っ立って不思議そうな表情で眺めている。私は、「すみません、どうぞ」と言って、スリッパを出した。

「お邪魔いたします」

オカメインコを肩にとめたまま、一生懸命背筋を伸ばして、池野さんはスリッパを履いた。彼と小鳥を居間へ通すと、私は急いで書斎にとって返した。

ちょうど父が書斎から出てきたところだった。私が両手で口をふさいで笑いをこらえているので、「どうした？」と訊いてきた。私は口をふさいだまま、必死に頭を横に振った。父は怪訝《けげん》そうな顔をして、居間へと行ってしまった。

キッチンでお茶とお菓子を準備しながら、私は笑いが止まらなくて困ってしまった。いったい、どういう事情があって、オカメインコを連れてきたのだろう。きっとペットに違いない。かたときも離れがたいほど、かわいがっているのだろうか。

それにしても、猫とか犬とか熱帯魚じゃなくて、小鳥。編集の仕事をしながら、小鳥を飼っている。そして、担当作家の家にまで連れてくるほどかわいがっているのだ。

ヘンな人だ。……でも、なんか、いい。ほのぼのしてる。

再び笑い出してしまわないように、呼吸を整えてから、トレイに載せたお茶とお菓子をしずしずと運ぶ。そっと居間のドアを開けると、父と池野さんが向かい合って談笑している。池野さんの肩先には、やっぱりオカメインコがちょこんととまっている。だからかどうかわからないが、父はいつになく上機嫌で、にこやかに池野さんに話しかけている。池野さんは背筋をぴんと伸ばして、はい、はい、と歯切れのいい相槌《あいづち》を打っている。

池野さんの前にそっと茶碗《ちゃわん》を差し出すと、ぱっと顔を上げて、「ありがとうございます」と、とてもさわやかな声がした。

私はにっこりして、「さきほどは、失礼しました」と頭を下げた。

「いいえ、とんでもないです。こちらこそ、驚かせてしまってすみませんでした」

池野さんもていねいに頭を下げた。その拍子に、肩の上のオカメインコも、ちょこんと頭を下げたように見えた。

小一時間ほどして、やっぱりオカメインコを肩先にとめたまま、池野さんが居間から出てきた。父と私の両方に、再びていねいに頭を下げ、池野さんは言った。

「今日は、先生とじっくりとお話しさせていただき、光栄でした。ご自慢のお嬢さまにもお目にかかれて、幸運でした」

心のこもった声、あたたかな言葉だった。私はふいにうれしくなって微笑《ほほえ》んだ。と、そのとき。

「シアワセ、シアワセ」

なんと、池野さんの肩先でオカメインコがしゃべったのだ。

父と私は、同時に「えっ？」と声を上げた。池野さんは、「うわっ、びっくりした！」と、首をひねって小鳥と目を合わせている。三人で顔を見合わせると、たまらなくなって一緒に笑い出した。

「ずいぶんおりこうなんですね。どうやって教えたんですか？」

夜中に一生懸命インコに言葉を教えている池野さんの様子を想像して、またおかしくなりながら、私は訊いてみた。すると、意外な答えが返ってきた。

「わかりません。僕が飼っているわけではないので……」

笑うのをやめて、私は池野さんを見た。池野さんは、頭を掻《か》きながら白状した。

「実は、こちらへ向かう途中、このご近所を歩いていたら、どこからともなく飛んできたんです。それで、僕の肩にとまって動かない。どうしようかと思ったんですが、先生とのお約束の時間があったので、ついこのまま来てしまって……」

そうだったんだ。

ようやく謎《なぞ》が解けて、私は納得した。父は、うなずいている。どうやら、さっきの談笑中に事情を聞いていたようだ。

「池野君。その小鳥は、うちで預かろう」

池野さんの困ったような笑顔に向かって、突然、父が言った。池野さんは、「え？　いや、しかし……」といっそう困った表情になった。

「先生にご面倒をおかけするわけにはいきません。近くの交番に預けて、近々『迷い鳥』のちらしを作って町内会の掲示板にでも貼り出しに参りますので」

「そうか、じゃあ」と、父は片手を池野さんの肩先に差し出しながら、言った。

「そのちらしの文言《もんごん》は私が考える。君にはちらしのレイアウトと、編集を頼もう」

池野さんの顔が、ぱっと輝いた。オカメインコは、目の前に差し出された父の手をちょっとかじってから、そろそろと、無骨な指の上にとまった。

「お名前は？」

インコに初めて正面から向かい合って、池野さんが訊いた。

「オナマエ、トコチャン」

ちゃんと、答えた。私たちは、もう一度顔を見合わせて、大いに笑った。

一週間と経《た》たずに、中山百合子《なかやまゆりこ》さん、真子《まこ》ちゃん母子が、インコの「トコちゃん」を引き取りに来た。

トコちゃんという名の、幸せの青くもない鳥、預かっています。

父の文言をきれいにレイアウトしたちらしをたくさんコピーして、池野さんがご近所に配布してくれた。それを見て、やってきたのだ。

真子ちゃんは、トコちゃんが帰ってきて、うれしくて涙をいっぱいこぼしていた。それから、思い切りいい笑顔になった。

中山さんも、父も、母も、いっぱいの笑顔になった。池野さんも。もちろん、私も。

「飛んでいく先を選ぶもんだな、青い鳥っていうのは」

その夜、父が私にそう言った。それから、ひとり言みたいに続けた。

おれのいないところで、会ってもいいぞ。あの青年と。

その言葉は、ふっと飛んできて、私の肩先にとまった。青い鳥、みたいに。

独立記念日

ああ、自由になりたいなあ。

今日も、そんなふうに思ってしまった。

このところ、一日一回はそんなことを考えている。いつからそう思うようになったんだろう。

妊娠しているのがわかったとき？　いや、違う。あのときは、自分の好きになった人の子供を産む、ということ自体に夢中になっていて、このさきどんな苦労が待ち受けているかなんて想像もできなかった。

好きになった人には奥さんがいた。結局、子供の認知はしてくれたけど、結婚することはどうしてもかなわなかった。話し合いでは済まなくなり、互いに弁護士を立て、長く苦しい闘いをした。

そうだ、あのときだ。最初に自由になりたい、と思ったのは。

彼と結婚したい、でなきゃ私の人生はおしまいだ、という思いにがんじがらめになって、進むことも戻ることもできなくなってしまっていた。なんとか現状を打破したい、とやっきになった。もがけばもがくほど泥仕合になっていった。結局、養育費を勝ち取るのと引き換えに、彼との関係も終わりになった。

自由になったのかな、と、ふと思った。彼を求めて泣かなくてもいい。私の人生をめちゃくちゃにされた、と恨まなくても、もういいんだ。

なのに、ちっとも、自由になった、とは思えなかった。

あのとき、私は二十五歳。娘とふたりで生きていくという人生を、自ら選んでしまった。

同世代の女友だちはみんな輝いて、これから仕事に恋に結婚にはばたいていく時期。「大変だったね」「よく乗り切ったね」と、口々に私の努力をたたえてくれた。「真似《まね》できないな」とも。「女って強いよな」とは、男友だちの感想。やがてみんな、私から離れていった。

故郷の父と母は、ひたすら嘆き、怒り、悲しんだ。町議会議員の父は、未婚の母になるなんて恥を知れ、と口をきわめて罵《ののし》った。母は、ただ泣いた。やがて娘が生まれても、故郷に連れ帰ることは許されなかった。

子供の頃から本が大好きで、新卒で入った憧《あこが》れの大手書店。けれど、未婚のまま出産を覚悟したからには、お腹《なか》が大きくなるまえに辞めざるを得なかった。

娘が生まれて半年は、ふたりきりでワンルームマンションにこもる生活。このさきの収入を計算して、このままじゃどうにもならない、と一念発起した。死に物狂いで託児所を探し、なんでもいいからと仕事を探した。派遣のテレフォンオペレーターの仕事と、駅前の無認可の託児所をみつけ、なんとか生活の基盤を作った。

気がつけば、大好きだった読書もすっかり忘れ去っているような生活。

疲れ果てて、本のページを開くこともままならない。本屋からも図書館からも足は遠のいていた。一冊の本を買うことも、借りることも、もう私には許されないような気さえしていた。

あのときかもしれない。このさき一生、自由に生きていくことなんか許されないんだ、って覚悟したのは。

あれから、五年。がむしゃらに働き、育児し、生きてきた。

子供が泣いたり病気になったりしたときは、私も泣いたし、こっちまで病気になりそうだった。それでも笑ったりしゃべるようになったりすると、私も笑ったし、いっぱいいっぱい話しかけた。

娘の成長。それだけを心の糧《かて》にして、自由、という言葉を心の瓶に入れ、固くふたをして、長いこと封印してきた。

それが、ここのところ、固く閉め切ったはずのふたがいつのまにか緩んで、ふと「自由」のふた文字が顔を覗かせる。

ああ、自由になりたいなあ。

娘を託児所へ送りながら、満員電車に揺られながら、お客様の苦情《クレーム》に言い訳しながら、コンビニのおにぎりをかじりながら、そう思う。

娘を迎えにいきながら、夕食を作りながら、お風呂のしたくをしながら、娘を寝かしつけながら、深夜にひとり、テレビのお笑い番組を音を消して漫然と眺めながら。

でも、自由って、なんだろう。

口にするのも面映《おもは》ゆく、うっとうしい感じさえする、その言葉。

それなのに、それを求めて苦しんでいるなんて。

まるで、苦しい恋に溺《おぼ》れていったあの頃と同じように。

クレーム処理が長引き、託児所に五歳の娘を迎えにいくのが少し遅くなってしまった。

私の顔を見たとたん、娘の真子《まこ》は声を放って泣き出した。お迎えが一、二時間遅れてしまうことはいままでもあったけれど、いつも辛抱強く待ってくれていたのに。

「あらあら、どうしたのかなー真子ちゃん？　ママがお迎えにきてくれたんだから、もう大丈夫だよー」

保育士の侑子《ゆうこ》先生が優しく声をかける。私は真子の小さな背中をとんとんと叩《たた》きながら、「はいはい、もう泣かなくてもいいよ。よしよし」と懸命になだめた。それでも真子はなかなか泣きやまなかった。

「どうしたのかしらね。今日、食欲もなかったようだし……一応、お熱も測ってみたんですが、平熱だったんですよ」

侑子先生によれば、朝からずっとふさぎこんで、お友だちとも遊ぼうとしなかったらしい。私は、「ご心配おかけして、すみませんでした」と頭を下げた。

「さあ、行こ。今日の晩ご飯は真子の大好きなハンバーグだよ」

涙でぐしょぐしょの顔をタオルで拭いてやる。抱き上げて、雑居ビルの狭い階段を下りていく。

東京郊外、私鉄沿線の小規模な駅前のバス停は、帰路を急ぐ人々が長い列を作っている。最後尾に並ぶと、私は真子を下ろした。すぐに「抱っこ」と言う。

「だめ。ママ、いっぱいお荷物持ってるのよ。ずっと抱っこできないよ」

とたんにぐずり出す。あわててなだめたが、わあっと大声で泣き出してしまった。本当に、泣く子は怪獣なのだ。手足をじたばたさせて、もがき、暴れる。バスに乗ってからも真子は泣き続けた。会社帰りの疲れた人々が、あからさまに不快な視線を投げてくる。

わかってる。どうしてそんなに不機嫌なのか。

私が、逃がしてしまったから。真子の宝物、いちばんの友だち、オカメインコの「トコ」を。

「トコちゃんがいない、トコちゃんがいないよ」

バスの中で真子は泣き叫び続けた。どんなになだめても泣きやまなかった。怪獣の叫び声が疲れ切った身体《からだ》を突き刺すように攻めてくる。たまらずに、ふたつ手前のバス停で降りてしまった。

真子の手を乱暴に引っぱって無理やり歩いていく。トコちゃん、トコちゃん、としつこく泣き叫ぶ娘を振り返って、「うるさいっ！」とどなった。

「どんなに泣いても叫んでも、もう帰ってこないのっ！　いいかげん、あきらめなさいよっ！」

真子はほんの三秒泣くのをやめたが、すぐにまた、うわーっといっそう大声を放って泣き始めた。

私はすっかり途方に暮れて、為《な》す術《すべ》もなく、泣きじゃくる小さな子供を呆《ほう》けたように眺めるだけだった。

トコは、託児所の真子のお友だちが飼っていた小鳥だ。妹が生まれて鳥アレルギーがあるとわかり、飼えなくなって困っていたので、うちでいただくことにしたのだ。自分の母親以外に動くものがいなかった部屋の中に、小さな生きものがやってきて、真子はたちまち夢中になった。

しかも、驚いたことに、トコは上手におしゃべりするのだった。「オナマエ、トコチャン」「ナニシテンノ」「アリガト」「シアワセ、シアワセ」という具合に。調子に乗ると、いつまでも真子とおしゃべりしている。三歳児くらいの知能指数があるんじゃないか、と思うくらいだった。

トコが来てくれて、母子ふたりでときに息が詰まりそうだった部屋にあたたかな灯《あか》りが点《とも》ったようだった。真子は、私が相手をしなくても、トコを相手にいつまでも飽きることなく遊ぶようになった。

手のかかる怪獣を一匹飼っているようなものだから、ペットなんてとてもとても、と思っていたが、こんなふうに賢くておとなしく、手のかからないペットもいたのだ。

たかが、小鳥。それでも、父親もきょうだいも不在の家庭に育つ娘にとって、トコの存在は大きかっただろう。

私も、この小鳥をかわいく、ありがたくすら思っていた。大切に育てよう、と思っていた。

だから、土曜日の午後、カゴの掃除をしている最中にふといなくなってしまって、一瞬、目の前が暗くなった。

当然、真子は泣き叫んだ。私は不安でいっぱいになった。ふたりで町内中捜して回ったが、とうとうみつけることができなかった。

ささやかな幸せが、逃げていってしまったような気分だった。

トコがいなくなって、三日。真子は食欲もなく、笑顔もない。トコがいた頃とは別の子供になってしまったかのようだ。

泣きながらバス停をふたつ分余計に歩かされて、さすがに疲れてしまったのだろう。ハンバーグを少しだけ食べると、真子はお風呂にも入らずに眠ってしまった。

真っ赤なほっぺたは涙でただれている。じっと見つめて、ほっぺたをちょいとつつく。ぴくりとも動かない。

トコちゃんみたいな、真っ赤なほっぺだね。

そう言ってやると、うれしそうに笑う真子。私は、大きくため息をついた。

小さな幸せも逃げてって。自由、なんて言葉の意味もよくわからなくなって。

私、このさき、どうなっちゃうのかなあ。

うつらうつら、夢うつつに、トコが窓辺に帰ってくる。

ジユウヲモトメテ、ソラヘトビタッタンデス。

ワタシノコトハ、サガサナイデクダサイ。

真子に向かってそう語りかけるトコは、私自身の化身……だった。


トコがいなくなった翌週の金曜日、ポストに一枚のちらしが入っていた。

ほかのちらしと一緒にゴミ箱に捨てようとして、ふと写真に目がとまる。

オレンジ色のほっぺたの、小鳥。

「トコッ⁉」

思わず大声を上げた。その名を耳にして、隣の部屋にいた真子が私の足もとへすっ飛んできた。私は急いでちらしの文面を読んだ。

トコちゃんという名の、幸せの青くもない鳥、預かっています。

わあっ、とまた大声を出してしまった。

「真子、ねえ見て。これ、トコだよ。トコ、みつかったよ。やった、やった、やったあ！」

叫びながら、思い切り真子を抱き上げた。真子は、ひさしぶりにきゃっきゃと声を上げてはしゃいだ。

すぐに電話をした。「はい、真嶋《まじま》でございます」と、はきはきした若い女性の声が聞こえた。

「あの、小鳥を預かっていただいているというちらしを拝見したんですが……」

女性の弾んだ声が返ってきた。

「ああ、トコちゃんの飼い主さんですね？　よかったあ、みつかって」

翌日、私は真子の手を引いて、真嶋さんのお宅を訪問した。とりあえず、駅前で買ったクッキーの包みを携えて。

真嶋さんご一家は、とてもあたたかく私たち母子を迎えてくださった。

どこか見覚えのある、貫禄《かんろく》のあるご主人。優しそうな奥さま。美人で育ちのよさそうなお嬢さん。

そして、トコが飛んできて肩先にとまった、という青年。お嬢さんの恋人だろうか。

小さなカゴに入れられたトコを手渡されて、真子は突然泣き出した。例の怪獣泣きが始まってしまって、私はおろおろしてしまった。

「どうしたの真子？　トコ、帰ってきたんだよ？　もうどこにも行かないんだよ？泣かないで」

必死になだめる私を、「まあまあ」とご主人がいなした。

「よっぽどうれしかったんだねえ。こんなに賢くてかわいい子がいなくなったら、そりゃあお嬢さんも悲しかったでしょう」

それから、真子の目の高さにしゃがんで、真嶋さんは優しく語りかけた。

「真子ちゃん、いつまでも泣いてると、またトコちゃん逃げていっちゃうかもよ。トコちゃんは、いつも笑ってる真子ちゃんのところにいたいんじゃないかな？」

真子はぴたりと泣きやんだ。そして、真嶋さんの顔をじっと見つめると、にっこりと笑いかけた。

「うん、その調子。いいお顔だ」

真嶋さんは、真子の頭をくしゃくしゃとなでた。真子は、いっそう笑顔になった。

そして、私たちは真嶋さんのお宅に招き入れられた。初対面でお宅に上がりこむのは失礼と思い、固辞したのだが、ご主人はまた、「まあまあ」といなした。奥さまはにこにことして、

「この数日間、トコちゃんには和《なご》ませてもらったんですよ。お礼にもなりませんが、お茶でも召し上がっていってくださいっ」

そんなふうに言ってくださった。なんだか、胸がじんとなった。

トコが逃げたときのこと、トコを飼うようになったいきさつなどを話すうちに、自然と母子家庭であることを打ち明けた。真子が私生児であることは言わなかったが、話しながら、この人たちには何もかも話してしまいたいような気持ちになっていた。

両親にも親戚《しんせき》にも友人にも疎遠になって五年。自分の身の上を誰かにじっくり聞いてもらえる機会など、ちっともなかったのだ。

けれど、話せばきっと長くなるし、湿っぽくもなる。結局、ややこしい話は胸のうちにとどめた。

母子ふたりと小鳥一羽を、やっぱり真嶋家の方々全員、玄関で見送ってくださった。私は深々と頭を下げて、「本当に、ありがとうございました」と礼を述べた。

そして最後に、思い切って本音を吐いた。

「ここのところ仕事や育児で行き詰まっていた上に、小鳥も逃がしてしまって……実は、ちょっと落ちこんでいたんです。トコが帰ってきて、皆さんにもお目にかかれて、ほっとしました」

真嶋さんは、おだやかな笑顔で私の言葉を受け止めてくださった。

「やはり、トコは『幸せの青くもない鳥』だ。あなたのところに、こうしてまた戻っていくのですから」

一生けんめい生きている人こそが、自分が寄り添うべき人である。

幸せの青くもない鳥は、そうわかっているのです。

そんなふうに言ってくれた。

お宅を辞して、空を見上げた。夕焼けに、ほっと息を放つ。

その瞬間に、涙がこぼれた。

真子が不思議そうに私を見上げている。

「ねえママ、泣かないで。泣いてると、またトコちゃん逃げていっちゃうよ」

さっき、真嶋さんが言った通りに真子が言った。私は涙を拭いて、うん、とうなずいた。

真子の腕の中には、小さなカゴが抱かれていた。そして私の腕の中には、一冊の本が。

最近生活が手いっぱいで、大好きな本も読めなくて……と、会話の中で、一瞬だけ、愚痴《ぐち》めいたことを口走ってしまった。別れ際に、真嶋さんが、「ちょっと待って」と、家の奥へ走っていき、しばらくして、一冊の本を手に戻ってきた。

「無理しなくていい。時間のあるときに、時間をかけて読んでください」

驚いたことに、真嶋さんは、私の大好きな作家、真嶋博史《まじまひろふみ》、だった。

贈呈してくださったのは、最新刊。『独立記念日』というタイトルだった。

「ひと言で言うと、会社とか家族とか恋愛とか、現代社会のさまざまな呪縛《じゅばく》から逃れて自由になる人々が主人公の短編集です」

実はこの本の担当編集者だという青年、池野さんが横からそう言い添えた。そして、ごくさりげなく、お嬢さんが付け加えた。

「この本によれば、『自由になる』っていうことは、結局『いかに独立するか』ってことなんです。ややこしい、いろんな悩みや苦しみから」

私の胸はときめいた。

自由、になるんじゃない。独立、するんだ。

ややこしい、いろんな悩みや苦しみから。

自由になりたいな。でも、自由ってなんだろう?

その答えを求めて、ひさしぶりに今夜、本を開こう。
真子を眠らせて、灯りを消して、枕もとのスタンドをつける。
ほんのいっとき、ささやかな「独立」を求めて。

まぶしい窓

夕方五時、お迎えが始まるまえに、託児所の先生たち五人が集まって子供たちに声をかけた。

「はい、みんな一列に並んでー。侑子《ゆうこ》先生に向かって、大きな声でごあいさつしましょうね」

みのり先生がそう言うと、子供たち——上は五歳、下は〇歳——が集まって列を作った。先生たちも、〇歳児たちを抱っこしてその列に加わる。せーの、のかけ声とともに、

「ゆうこせんせい、ありがとう！」

元気いっぱいの声が響き渡った。そういうことが準備されていたとは知らず、サ

プライズのお別れ会に私はすっかり驚いてしまった。

「ゆうこせんせい、お花だよ」

年長の留美《るみ》ちゃんが薔薇《ばら》の花を一輪、赤いリボンを巻いて手渡してくれた。「わあ、ありがとう」と、私は思わず薔薇の花ごと留美ちゃんを抱きしめる。

「せんせいのお顔を描いたよ」と、クレヨン画の画用紙を差し出す友《とも》君。

「せんせいにあげてって、ママがクッキー焼いてくれたよ」と、小さな包みを渡してくれたあずみちゃん。

「これはねー、私たちから。餞別《せんべつ》代わりに。はいっ」

松実《まつみ》先生が手渡してくれた封筒には、なんと湾岸の高級ホテル『ホテルベイロイヤル』のツインルームの宿泊券。

「やだあ、まじで？　誰と泊まればいいの？」

思わず叫ぶと、

「誰でもいいじゃない。ご主人でも娘さんでも友だちでも。ひとりだって」

「えーっ、ひとり？　そんなー、もったいなさすぎる！」

「まあまあ、有効期間は一年あるから。そのあいだに誰かみつけなよ。ねっ」

同僚たちの気持ちがうれしかった。子供たちの気持ちも。うれしすぎて、痛いくらいだった。しみる気がして、涙がいっぱい出た。

その日、私は六年間勤めた託児所を退職した。花束やプレゼントの入った紙袋を抱えて、雑居ビルの狭い階段を下りていった。先生たちは、ドアのところに立ってずっと手を振ってくれていた。

東京郊外の駅のロータリーに出る。もうすでになつかしく感じる職場の窓を見上げる。「託児所くるみの木」と大きな文字が貼《は》りつけてある窓。こうこうと蛍光灯が灯《とも》っている。ああして、あの蛍光灯は深夜まで点《つ》いているのだ。

子供たちはずっと、母親が帰ってくるのを待っている。何時になっても、たとえ深夜になっても。必ず帰ってきてくれるはずの母親を信じて待っている。私も子供たちと一緒に待った。幾多の母親たち、それぞれに事情を抱えた母親たちが現れる瞬間を。

バスを待つ長い列に加わって、まぶしい窓をしばらく見上げる。

ありったけの蛍光灯をすべて灯した明るい窓。子供たちがさびしくないように、ここに預けられることをいやがらないように、あの場所は思い切り明るいのだ。しらじら明るく、まぶしい窓。さびしいくらいに、涙が出るくらいに。

帰宅を急ぐ人々のあいだにぎゅうぎゅう詰めになって、吊革につかまりながら、私はまだ窓を見上げている。

仕事をしているあいだは、つらいこともあった。苦しいこともあった。けれど、あの窓の中へまた戻っていこうと思った。何に励まされていたんだろう。子供たちの笑顔か、同僚の先生たちのがんばりか。そのどちらもあるけれど、何より働いて、家庭以外に自分の居場所があって、社会の一員として機能している――そんな思いに励まされていたのかもしれない。

でもそれも、今日で終わり。

バスが発車した。私は窮屈な体勢のまま、ちょっとだけ吊革の手を持ち上げて、まぶしい窓に向かって手を振った。誰かが窓辺に立った気がした。もちろん、気のせいだったけれど。

一カ月まえ、夫が入院した。

会社の定期健診で引っかかり、精密検査をしたところ、悪い結果が出た。夫と私はふたりして医師の前に座らされ、突然「肝臓にがんがみつかりました。すぐに手術が必要です」と言い渡された。問答無用の宣告に、私たちはふたりともあっけにとられてしまい、返す言葉がなかった。

手術まえに夫はすっかり弱気になり、「おれ、死ぬのかなあ」とぽつりと口にした。夫が急にそんな態度になったことに、私まで気落ちしてしまった。

「そんなことないわよ。そんなこと……ない」

励まそうと思って、自分が泣いてしまった。夫は私の背中をやさしく叩いて、

「大丈夫だよ。早期発見なら、いまはがんも治る病気なんだって」

逆に励まされてしまった。

手術は成功だった。術後の経過を見守るためしばらく入院することになった。ところが今度は私だけが呼び出され、医師に告げられた。

「思った以上に進んでいました。あと半年生きられるかどうか……」

そう聞いたとき、一瞬で私の心は決まった。

仕事を辞めよう。そして、少しでも長く夫のそばにいよう。

それ以上に大切なことは、ほかになんにもなかった。


今年五十歳になった夫は、典型的な会社人間だ。小さな出版社の営業部に勤め、本が好きだからと安月給もあまり気にしていないようだった。

保育士をしていた私は、知人の紹介で彼と会い、実直そうな感じが悪くなかったので結婚した。特別な大恋愛があったわけじゃない。けれど、一男一女を授かって、保育士を辞めて子育てに専念し、平凡だけれど小さな平和がある家庭を築いて

きた。

下の子供が中学生に上がった六年まえ、保育士の仕事に復帰する決意をした。一にも二にもお金が必要だった。夫の薄給だけでは、このさきふたりの子供の進学資金に事欠く。あまり便利とはいえない郊外の町に質素な住宅も購入していた。そのローン返済もあった。

私が再び働きに出ることを夫はあまり気に入らないようだった。自分が働き、私が家庭を切り盛りしている、という環境が長く続いたせいもあっただろう。

「そりゃあおれの稼ぎはそんなによくないけどさ。なんとか切り詰められるものなら、いまのままがおれはいいな。子供たちだって、学校から帰ってきたときにお母さんがいてくれたほうがうれしいんじゃないの」

そんなふうにぶつぶつ言った。私はなんとか夫を説き伏せて、仕事に復帰することに同意させたのだ。

結果的に、仕事に復帰することで私は息を吹き返したように思う。専業主婦がいやだったわけではないが、何かしら閉塞感があった。なんというか、いつも深呼吸ができないような。

仕事に出るようになって、たくさんのお母さんや子供たちに出会って、いまさらながらに仕事をしながら育児をしているお母さんの多さに驚かされた。本当に色々な人がいた。働きたくて働いている人、働きたくないけど働かざるを得ない人、ようやく子供を授かった人、望まないのに生まれてしまった人。

自分も子育てをして経験を積んだ分、色々な事情を抱えたお母さんたちの状況を理解してあげられた。六年間、さまざまなお母さんの子育てを手伝った結論をひと言でまとめると、「働く母は強い」ということ。それに尽きる。

何があっても負けずに子供を育て、仕事に向かっていく母親たちはたくましかった。そしてすてきだった。彼女たちにくらべれば、専業主婦で子育てをしてきた自分は恵まれていたような気がする。お母さんたちにも子供たちにも、ずいぶん元気をもらった。

「働くようになって、なんかお母さん生き生きしてるみたい」

中学二年になったばかりの娘にそう言われたときは、けっこううれしかった。その娘もいまや大学一年生、地方で下宿生活を送っている。彼女の兄は大学四年生で、ようやく就職先の内定をもらった。

細々とした、けれどあたたかな家族である私たち。そしていつしか自分が生きる意味を重ねるようになった託児所の仕事。

どれもが大切なものだ。かけがえのないものだ。

けれどいま、私は、目の前に横たわっているやせ細った身体《からだ》を、私の夫を何より大切にしたかった。やっぱり、それ以上に大切なものなんか、いまはなんにもないのだ。


「お父さん、ただいま」

そう告げて私が帰ってきたのは、病院の無機質な部屋。四人部屋のいちばん奥、窓に近いベッドが夫の居場所だ。

眠っていたのだろうか、夫は目をこすりながら、「ああ、おかえり」と応《こた》えた。

私が花束や紙袋をいっぱいに持ってきたのを見て、

「ずいぶん豪華なお見舞いだな。誰が来たんだ？」

そんなことを言う。私は笑った。

「違うわよ、これは全部私への贈り物」

「え？　今日お前の誕生日じゃないよな？　なんでそんなに贈り物もらったんだ？」

私は夫の顔を覗きこんで答えた。

「私、今日で辞めたの。くるみの木」

えっ、と夫は小さく叫んだ。よっぽど意外だったらしい、そのままぽかんと私を見つめている。その顔がおかしくて、噴き出してしまった。

「なんだよ。なんで教えてくれなかったんだ」

「だって、専業主婦やめて仕事に戻るとき、あんなに必死に説得したのに、なんかカッコ悪いし」

夫は布団の上に視線を落とした。

「お前、なんで辞めたんだ」

「え？　なんで、って……」

「だって、あんなに仕事に戻りたがってたじゃないか。何があってもこのさきずっと働くから、働くことでむしろ自分を取り戻したいんだ、って」

「えー？　そんなこと言ったっけ？」

ほんとうに忘れていた私は、思わず苦笑した。ところが夫はむきになって言う。

「言ったよ。いつまでも自分だけ専業主婦してられないって。世の中には働きながら子育てしているお母さんもいっぱいいるから、その人たちを助けたいって。金を稼ぐとかいう問題じゃなくて、世のため人のためなんだ。そう言ったんだ」

びっくりした。私、そんなことを言ったんだ。すっかり忘れていた。それなのに、夫は一言一句、全部覚えていた。私の表情まで。どんなに真剣で、まっすぐで、やる気に満ちていたか。世の中に出ていきたい、誰かの役に立ちたい。そう願う私の表情が、どんなに輝いていたか。実に細やかに、ついさっきの出来事のように、夫は私に教えてくれた。「どんなに私がすてきだったか」を。

「おれなあ。正直、びっくりしたんだよ」

夫は好きな映画のワンシーンでも思い出すような表情になって、つぶやいた。

「侑子って、こういうところがあったんだ。おとなしくてやさしいだけの女かと思ってたら、いつのまにかこんなにたくましくて前向きな人になってたんだなあ、って。子供をしっかり育てて、おれの面倒も見て、家庭を守るうちにこういう人になったのか。それとも、もともとあった力が、あらためて働きたい！　って願った瞬間にむくむく出てきたのか……」

あんまり言うので、私はとうとう笑い出してしまった。

「やだなあ。いま頃になってそんなに褒めても、なんにも出ないわよ」

夫も苦笑いになって、

「ほんとだ。もっと早く言え、ってんだよな。いままでずっと、十分時間があったのにな。何もこんな、いま頃になって」

そう言って、さびしそうに微笑んだ。

「おれなあ。わがままだとは思ってたけど、おれが帰ってくるときに、台所の窓の灯りが点いててほしかったんだよ。だからお前に仕事に出てほしくなかったんだ」

託児所の仕事は深夜に及ぶこともある。そんなときは、当然夫のほうがさきに帰ることになる。子供たちはそれぞれの部屋にこもって迎えに出てもくれない。何より、いつもいい匂いが漂ってくる台所の窓の灯りが消えているのがさびしかった。夫は、そう白状した。

通勤電車の人混みに揉まれてようやく家路をたどる。駅からバスに乗って、七つ目のバス停で降りて、三つ目の角を曲がる。ぽつりと小さなわが家が遠くに見える。その小さな家のいちばん小さな窓、台所の窓に灯りが灯っていれば……ああ、今日も一日がんばった、がんばって帰ってきた。ささやかな贈り物をもらったような気持ちになる。

しばらく帰っていないわが家の灯りを心に思い描いているのだろう、夫はなつかしさでいっぱいの目を私に向けた。

「なあ侑子。今度おれが帰るとき、台所の灯り点けといてくれるか」

私は、黙ってうなずいた。何か言いたかった。胸にこみ上げる何かを言葉にしたかった。けれどどうしても、言葉にならなかった。その代わりに、また私のほうが涙をがまんできなかった。

夫には、もうわかっていたのだろう。

わが家のあたたかくなつかしい光を、このさき二度と見ることはかなわないと。

なさけなく泣いてしまった私の背を、骨と皮ばかりになった手がそっとさすった。ふと、耳もとでか細い声がした。

ありがとう侑子、ごめんな侑子。大好きな仕事を辞めて、おれのところに帰ってきてくれて。

おれなあ。わがままだとは思うんだけど、もうちょっとだけ、お前にそばにいてほしいんだ。

夫の告別式が終わり、そのあとの煩わしい行事のあれこれも済み、四十九日が過ぎた。

息子と娘はひとりになってしまった私のことを気遣って、毎日電話やメールをしてくれる。娘の大学卒業まであと三年、奨学金や保険金などでなんとか卒業させてやれる算段は立っていたが、それでもやっぱり職場に復帰することにした。

「くるみの木」に戻ることはずいぶん躊躇《ちゅうちょ》した。だって、数カ月まえに辞めたばかりで、たくさん贈り物ももらっちゃったし、行く予定がないとはいえ高級ホテルの宿泊券ももらっちゃったし。ひとりになってさびしいの、なんて言って戻るのはなんともカッコ悪いし。

ところがもと同僚たちは、声を揃えて「侑子先生！　帰ってきて～」とラブコールしてくれた。この託児所のことをわかってくれている人に力を貸してもらいたい、と所長以下先生五人、わざわざわが家に出向いて説得しにきてくれた。侑子先生、お願い、帰ってきて、と。

「でも、あんなに豪華なお餞別までもらっちゃったし……」

本心は泣きたいくらいうれしかった。でも、申し訳ない気分も同じくらいだった。先生たちは「あの宿泊券のこと？　そんなことにこだわってるの？」とあきれている。

「そんなの、いつでも泊まりにいってくればいいじゃない。ご主人と一緒のつもりで、せいぜい羽を伸ばしてくればいいのよ。大丈夫だって、そのくらいのことをしても誰も文句は言わないから」

「そうかなあ」と、私は苦笑になる。都会のおしゃれなホテルにひとりで泊まるなんて、やっぱり自分には似合わない気がする。

「思い切り悪いよ。わかった、私がいま電話して予約しちゃうから」

みのり先生が携帯を取り出して、なんと本当に予約してしまった。ほらちゃんと名前と電話番号伝えて、と携帯を私に渡す。いいのかしら、と引っこみ思案に電話を引き継いだ。

『お泊まりのかたのお名前をフルネームでお願いいたします』

はきはきと、電話の向こうの若々しい声が言う。私は、えーと、と考えこんで、

「倉田宗助《くらたそうすけ》と侑子です」

そう告げた。夫と私の名前。このさきもずっと、私の夫と、彼の妻の名前。

『今週末の土曜日でございますね。おふたりのお越しを心よりお待ち申し上げております』

フロントの香山《かやま》が承りました。そう言って、電話が切れた。

「羽を伸ばしてすっきりしたら、帰ってきてね。約束よ」

いたずらっぽくみのり先生が言った。私はまた苦笑して、大きくうなずいた。

蛍光灯がいっぱいに灯った、託児所のささやかな窓を思い浮かべてみる。夫がなつかしんだわが家の台所の窓は、私にとっては、あのまぶしい窓なのだ。

いつか、鐘を鳴らす日

ひさしぶりに、鐘が鳴っている。

フロント前のエントランスホールから続いている、海を望むガーデンチャペル。愛を誓うウエディングベルがガーデンの中にある。

チャペルでお式を挙げたカップルが鳴らす鐘。このホテルにはライスシャワーのサービスはないのだが、ＩＴバブル華やかなりし頃、「湾岸の『ホテルベイロイヤル』でウエディングベルを鳴らすと、そのカップルは必ず幸せになれる」という都市伝説が囁《ささや》かれ、ベルを鳴らしたいカップルで二年さきまでチャペルの予約がいっぱいだったこともあるとか。もっとも、私がこのホテルに就職する七、八年もまえの話だから、それホント？　と疑いたくなってしまう。都市伝説が囁かれたことと、二年さきまで予約がいっぱいだったこと、その両方を。

それでも、去年までは土曜日午後三時のチェックインタイムは、地方から来る観光客で混み合うこともあった。最近は不況のあおりをもろに受け、格安のビジネスホテルにお客を取られて、都内でもやや高級の部類に入るベイエリアのホテルの宿泊客はぐっと減った。ましてや、豪華な披露宴を開くカップルなんて。

だから、こうして鐘の音を聞くと、心の中で祈ってしまう。

こんな不況の中、わざわざ当ホテルで挙式してくださったカップルに――売り上げに貢献してくれたよき人々に幸あれ。

カン、カン、カンと澄んだ音がガーデンから聞こえてくるエントランスホールを、きょろきょろとまわりを見回しながら入ってくる女性客がいる。小さなボストンバッグを提げ、ベージュの帽子をかぶっている。フロントから少し離れたところで立ち止まってしまった。こういうホテルに来慣れていない人だとわかる。ベルボーイがすかさず飛んでいき、ボストンバッグを受け取り、フロントへ誘導する。どこかあか抜けない感じのその中年女性は、それでもせいいっぱいのおしゃれをして、少し緊張気味の顔をフロントに立つ私に向ける。私はにっこりと笑顔を作り、

「いらっしゃいませ」と明るく声をかける。

「あの……予約してます倉田《くらた》侑子《ゆうこ》ですが。その……宿泊券を持っていまして」

その人はごそごそとショルダーバッグの中を探り、ホテルのロゴ入り封筒を取り出してカウンターの上に載せた。私はパソコンのキーボードを叩《たた》いて、オンラインで予約を確認する。

「はい、倉田さまですね……お待ちしておりました。本日、おふたりさま、ベイサイドツインご一泊で」

「あの、ちょっと伺《うかが》いたいんですが」と、倉田さんは上気した顔で、いかにも訊きにくそうに言った。

「そのお部屋って……ひとりで泊まったりしたら、ご迷惑でしょうか」

「はあ」と、思わず気の抜けた声を出してしまった。すぐに、いけない、と態勢を立て直す。

「いいえ、そのようなことはございません。おふたりさまでも、おひとりさまでも問題ございません。……本日は、ご予定を変更されて、ツインのシングルユースということで承ってよろしいのでしょうか」

「は？」と倉田さんは、素《す》っ頓狂《とんきょう》な声を出した。おっと、いけない。この手の人に『ツインのシングルユース』はないよね。

「ツインルームをおひとりさまでご利用、ということでよろしいのでしょうか？」

「あっ、いえいえ、そうじゃなくて」と、倉田さんは目の前で手のひらをぶんぶんと振った。

「ふたりです。夫と一緒です。きっと」

きっと……と添えられたひと言に深長な意味を感じた。もちろん、それを指摘したりはしない。

「かしこまりました。では……こちら、おふたりさま分のご朝食券になっております。朝七時から十時まで、一階のカフェテリアか二階の和食レストランでご利用いただけます。こちらがカードキーで二枚ご用意しております。それでは、お部屋まで係の者がご案内いたします」

てきぱきと説明をして、後ろで控えているベルボーイに合図する。とたんにベルボーイが飛んでくる。「あの」と、倉田さんは、まだ何か言いたげだ。

「何かご不明な点がございますでしょうか?」と笑顔で語りかけると、

「今日、結婚記念日なんです。たまたまなんですが」

少してれくさそうな表情になって、そう言った。私は、「まあ、そうでいらっしゃいましたか」と、いっそうの笑顔を作った。

「それはおめでとうございます。ご主人さまは、のちほどいらっしゃるのですか」

「ええ、まあ」

「では、ご夕食まえに、何かお祝いの品を届けさせていただきます」

言いながら、キーボードを叩く。オンラインで倉田さんの顧客リストに〝TD CS F/WA〟（ターンダウンサービス《夕方のベッドメイク》の際シャンパン小ボトルサービス　結婚記念日のため）と素早く記入し、Wマーク（結婚記念日のマーク）の入ったフラッグを名前の箇所につける。倉田さんは「いえいえ、そんな」と、また目の前で手のひらをぶんぶん振っている。

「けっこうです。そういうつもりじゃなかったんです。ただ、誰かに聞いてほしくて……」

「せっかくの記念日ですから、シャンパンなどをお持ちいたしますが？」

「いえ、ほんとにけっこうです。ひとりじゃ飲めませんし、申し訳ないので」

首を傾《かし》げたくなった。ふたりと言ったり、ひとりと言ったり。どことなく怪しい。

「そうですか、かしこまりました」

なおもにっこりと微笑《ほほえ》みながら、手はキーボードの上を滑る。倉田さんの顧客リストに黄色いフラッグを立てる。『挙動不審』のマークだ。

「では、どうぞごゆっくりお過ごしくださいませ」

倉田さんはまだ何か言いたげな表情をしたが、そのままおとなしくベルボーイに連れられてエレベーターホールへと去った。

こういう仕事をしていると、本当にさまざまな人に出会うことになる。ただし、ベイエリアの高級ホテルに泊まりにくるような人々は、このフロントへやってくる時点ですでに「ろ過」された人々だ。ある程度の年収のある人、地方からやってくる人、日常から解放されたい人、ワケありな人……。最近では、ひと目見ただけでその人の生活環境を憶測できるようになった。年収はいくらくらいか（持ち物で見当がつく）、海外のホテルに泊まったことがあるか（チェックインのマナーでわかる）、家族に大切にされているかどうか（女性ならば手やネイルを見れば余裕があるかどうか感じられるし、男性ならばネクタイやシャツがぴしっとしているかどうか）。ひょっとすると、この仕事を辞めたら占い師にでもなれるかもしれない。

ホテルの専門学校を卒業してから十年。都心の大手ホテル三カ所を渡り歩いて、フロント業務専門に仕事をしてきた。最初は戸惑うことも多かったけど、最近は、さまざまなお客さまと触れ合うのが楽しいし、チェックアウト時に「快適でした」とひと言添えてくださる人がいればうれしい。やりがいを感じている、と思う。

でも、どうなんだろう。あまりにも仕事にやりがいを感じすぎて、家庭を顧みなさそうな三十女。そういうのって、やっぱり、男の目から見ると——妻としては迎えたくない女なのかな。

パチパチパチパチ、とロビーに拍手が起こった。夫婦になりたてのカップルがガーデンからロビーに入ってきたのだ。親族や多くの友人たちに囲まれて、新郎はしきりにてれ、新婦は花のように笑っている。当ホテルのウエディングマネージャーがふたりの前に歩み出て、大ぶりの白い封筒を手渡す。ホテルからのサプライズギフト、一年間有効の宿泊券だ。

「一年後の結婚記念日にお泊まりでしたら、特別なサービスがございますので」とマネージャーが説明する。予期せぬ贈り物に、新郎新婦はいっそう表情を崩す。

このサービスは、ウエディングベルとともに当ホテルのウエディングサービスの目玉だった。宿泊券に記載されている番号を見れば、ウエディングサービスのギフト券かどうかがわかるようになっている。

この宿泊券を握りしめて、もう何組のカップルが泊まりにきたことだろう。まさしく結婚記念日に来るカップルが当然多かった。誕生日とか、何かのアニヴァーサリーで来るカップルも。大きいお腹《なか》の奥さんもいる。女友だちとやってくる妻もいた。あきらかに妻でない女性を連れてくる男性も。たった一年のあいだに、愛の鐘を鳴らした夫婦に何が起こったか。さすがの私にも想像はできなかったが、ひとつだけ、わかることがあった。

この一年、幸せな結婚生活を送ることができたか、そうでなかったか。

さっき受け取った倉田さんの宿泊券の番号を確認する。それは、都内の旅行代理店で買い求められたもので、このホテルからのギフト＝「結婚記念日のための宿泊券」ではなかった。

たまに、誰かに「結婚記念日のための宿泊券」を譲渡してしまう人がいる。このホテルで式を挙げた人ならば顧客リストがあるのですぐにわかる。が、まったく違う氏名の人物がその宿泊券を持ってきて泊まることがあるのだ。それに気づいたとき、なんだかさびしい気分になる。ふたつの理由で。ひとつは、新しいカップルのために用意されたホテルからのギフトが、彼らにとってもはや価値のないものとして他人の手に渡ってしまったこと。もうひとつは、ひょっとするとそのカップルは、すでに結婚記念日をともに喜べるような関係ではなくなってしまっているかもしれない、ということ。

結婚記念日なんです、とはにかんだような倉田さんの顔が浮かんだ。私は、さっきつけてしまった黄色いフラッグを外した。代わりに、"TD BS F/WA"（ターンダウンサービスの際フラワーブーケサービス　結婚記念日のため）と記入した。


きっとこの人と結婚するんだろうなあ、となんとなく考えていて、もうすぐこの人と結婚するんだ、と確信に変わっていた相手が、ほんとうに突然、去っていった。理由は――よくわからない。少なくとも、私には納得できないものだった。

家庭を持っても、きっと君は仕事を優先するだろ？

別にそれは悪いことじゃないし、共働きじゃないとやっていけないこともわかっているし。

でも、なんていうのかな――途中できっと、僕ら、こんなはずじゃなかった、って思う日がくるんじゃないかな。いまよりもっとお互い傷ついて、悲しい思いをするんじゃないかな。

彼は、そんなことをつらつらと言った。聞いていて、むかむかと腹が立った。こんなめそめそとわけのわからない理由で婚約解消するって言うの？　自分からプロポーズしておきながら、君のホテルで挙式してあの鐘を鳴らそうよ、なんて楽しそうに言っておきながら。

最後には叫ばずにはいられなかった。

あーもう、ウザい！　そんなにぐだぐだ言うんだったら出てってよ！　いますぐに！

それで、彼はあっさり出ていってしまった。丸二年、結婚を前提に一緒に暮らした部屋から。あんまりあっけなくて、おかしいくらいだった。なんだか笑ってしまった。笑いながら涙が止まらなかった。こういうのを泣き笑い、っていうんだな。

笑いながら泣く、なんて器用なことを、私はいつのまにかできるようになっていたんだ。

笑ってるのか泣いてるのかわからない何週間かを過ごして、それでも仕事に打ちこむことで気持ちは次第に立ち直っていった。

彼と暮らした部屋に、結局私はいまもひとりで住んでいる。家賃十二万はけっして安くはないが、なんのことはない、がんばればどうにか自分で払っていける、とわかった。

私の生涯の伴侶《はんりょ》は、彼じゃなかったんだ。

だって、結局、私がこんなに仕事が好きで一生懸命になっていることを認めてくれなかったんだ。まるで仕事に嫉妬《しっと》しているみたいに。もっと僕のほうを向いてくれよ、結婚したらもっと僕のことだけ考えてくれよ、と訴えているみたいに。

君は、あの鐘を鳴らしたいだけなんじゃないの？　形式的にさ。少しでも売り上げに貢献して、少しでも上によく見られたいんじゃないの？

そんなことを言われもした。くやしいけど、当たっていた。

そんな都市伝説なんて嘘《うそ》だあ、と笑いながらも、あの鐘を鳴らして幸せになった自分をみんなに見せたかった。「香山《かやま》さんが勤めてるホテルで挙式してチャペルの鐘を鳴らすと、彼女みたいに幸せになれるんだよ」と友人たちに口コミしてもらいたかった。それで、都市伝説を本物にして見せたかった。会社の営業の役に立ちたかった。

彼の言う通り。結婚を利用しようとしていたのは私のほう。きっと彼は、それを全部見抜いていたんだと思う。

だから、彼にとっては私じゃなかった。私にとっては、彼じゃなかった。手に手を添えてウエディングベルを一緒に鳴らすのは、一緒に幸せになる相手は、きっとほかにいるはずなんだ。

いちおう自分なりに結論づけたつもりでいた。でも、ときおり真夜中に、どうしてこうなっちゃったんだろう、と胸が苦しくなって眠れないことがある。

このさきずっとひとりなのかなあ、どんなふうに歳《とし》取ってくのかなあ。夫も子供もいないとなれば老後はどうなるんだろう？

妙にリアルな想像に押しつぶされそうになって、そのまま朝を迎えることもある。夢の続きのようなあきらめが胸をふさぐ。

——あの鐘を鳴らす日は、もう永遠にこないのかもなあ。


その日は夜八時までの遅番だった。そろそろ上がろうかな、と思ったとき、広々とした途端エントランスホールを勢いよく突っ切って現れた女性がいた。流行《はや》りのふわっとしたフェミニンなミニスカートに、やっぱり流行りの大型トートバッグ。シティホテルの活用術を十分に身につけていそうな彼女は、息を切らしてフロントの前に立つと、いきなり訊いた。

「ケンちゃん、来てますか」

私は目を点にして、浮かべかけた笑みをほっぺたの上でこわばらせた。彼女は、「いやいや、違う。そうじゃなくて」と、頭をぶるぶるっと子犬のように振って、言い直した。

「K市M町の塚原健一《つかはらけんいち》さん、三十八歳。チェックインしているはず、なんですが」

私はすばやくキーボードを叩いた。どんぴしゃで該当者があった。K市M町塚原健一さま、三十八歳。喫煙セミスイート、二名さまでご一泊。十七時ちょうどにチェックイン。お連れさまはあとから来るので部屋番号を教えてやってほしい。お連れさまのお名前は——。

「失礼ですが、お客さまのお名前は」

「川野辺《かわのべ》です。川野辺菜摘《なつみ》」

これも、どんぴしゃだった。しかし、本人確認をできないかぎりは客室番号を教えるわけにはいかない。

「恐れ入ります、川野辺様。こちらから塚原様のお部屋へお電話いたしますので、お話しになってからいらしていただけますでしょうか」

　川野辺さんは口を結んでいたが、やがて「わかりました」とうなずいた。急いで内線電話をかける。〇・五コールで『はいっ』と元気よく声が返ってきた。

「お連れさまの川野辺さまがフロントにいらしています。替わりますのでお話しいただけますか？」

『うわっ……ちょっ、ちょっと待って、待ってください！』

　ものすごくあわてた声がして、『彼女、どんな様子ですか』とこわごわ訊く。ははあ、これはけんかをしたカップルで、彼が仲直りを仕こんだ図だな、と直感した。

「どんな様子……そうですね」と、私は川野辺さんのほうをちらりと見た。ぷーっとふくれている。まるでふぐちょうちんのようなその顔があまりにもかわいくて、私は思わず噴き出してしまった。

「ああ、大変失礼いたしました。あまりにもかわいらしいので」

　そう言うと、『え？　彼女、かわいいですか？』と彼の声が明るんだ。

「ええ、とっても。ちょっとふくれていらっしゃいますが、そのご様子がとってもかわいらしいです」

ついそんなことを言ってしまった。「ええっ。やだもう、何言ってるんですかあ」と、川野辺さんは真っ赤になった。

「替わりますか?」と受話器の口を押さえて差し出すと、こくりとうなずいてすなおに受け取った。

「もしもしケンちゃん? うっそぉ……ほんとにこのホテル、取ってくれたんだ。冗談だったのに……うん、ちょっと言ってみただけ。もう、とっくに許してたのに」

私のことをほんとに好きなら、ベイロイヤルのスイート取ってよ! けんかでそんなことを口走ったのだろう。なんだかとても微笑ましかった。そしてちょっぴりうらやましかった。

「うん、憧《あこが》れだったから……このホテル。ここのチャペルで結婚した同期の子が、なんかすごい幸せそうで。なんでも、ここのウエディングベル鳴らしたら、幸せになれるとかって……あ、それ、ほんとですか?」

私のほうを向いて、川野辺さんが唐突に訊いた。私は内心、キタッ! と思ったけど、そんなことはおくびにも出さずに、微笑んでうなずいた。

「ほんとだって。ねえ、ほんとに幸せになれるんだってよ」

フロント前に立ったまま、電話を通じてのふたりのおしゃべりは延々と続いた。

川野辺さん、恋愛まっただ中なんだ。すごく幸せそうだ。これはゴールインが近いぞ。

　ようやく電話を切った川野辺さんに、私はもう一度笑いかけて告げた。

「塚原さまのお部屋は2277号室です。どうぞ、ごゆっくり」

　川野辺さんは、てれくさそうな顔でこくりとうなずいた。急ぎ足でエレベーターホールへ行きかけて、くるりと踵《きびす》を返すと、またフロントまで戻ってきた。うつむき加減に、川野辺さんはもじもじと言った。

「あの、よかったら明日……チャペルの見学、できますか」

　私は、にっこりとしてうなずいた。

「もちろんでございます。ウエディングサロンにご予約を入れておきましょうか。お時間は……十一時でいかがでございますか」

「はい。よろしくお願いします」

　ぺこりと頭を下げて、まるでスキップするような足取りで、川野辺さんはエレベーターホールへと去っていった。

　カチャカチャカチャとキーボードを叩く。塚原さんの顧客リストに"RQ WDB"（ウエディングベル見学希望）と書きこんだ。よし、と自分の画面をログオフする。

　いつか、鐘を鳴らす日が、ふたりに訪れますように。できれば、そう遠くない将来。そう、私にも。

川面《かわも》を渡る風

ちょっとまえまで、嫌いな言葉のひとつに、境界線、っていうのがあった。

それだけじゃない。ヤな感じ、と思ってた言葉には、ほかにもいろんな言葉があった。

たとえば、格差社会、とか。生まれや育ちや収入や居住地域によって、私たちの社会には格差が生じているんだと。親世代の格差は子世代にも引き継がれがちで、下流社会に生まれた子供はやっぱり大人になってからも下流からは抜け出せない。そのまた子供もそう。そのまた子供も……って、そんなこと予測できるものなんだろうか。

たとえば、自分探し、とか。私のやりたいことは本当はこんなことじゃない、本来の私はもっと自由なんだ、などと思いこんじゃった人が、仕事や学校を辞めたり休んだりして自分を探す旅に出たりする。いや、別にいいよそりゃあ、そんなことができる余裕があるんだったらどうぞやってください。でも、自分探し、っていう都合のいい隠れ蓑《みの》を着て、現実からふらふらと逃げてしまうだけだとしたら、ずるいと思う。誰だって、思う存分自分を探してみたい。でもそんな余裕がなくて、一生けんめい現実に向かい合ってる人にとっては、「自分探し」は言い訳にしか聞こえないものだ。

かく言う私は、「憧《あこが》れのあっち側」と「現実のこっち側」の境界線を常に意識し（それは『川』という目に見えるかたちで、生まれ育った町とセレブの町のあいだに横たわっていた）、会社で体感しまくった「収入格差」「お育ち格差」「女子力格差」の存在に打ちひしがれ（同期のお嬢様たちは合コンにも誘ってくれなくなった）、思わず「自分探し」のために実家から離れてひとり暮らしを始めた（町工場が盛んなK市M町から、電車に乗ってT川＝境界線を越えてS区N町へ）。とまあ、よおく考えてみると、私ってけっこうなさけないヤツなわけだけど。

「ただいまあ。はあ、あちぃあちぃ。外はカンカン照りだよー」

おおげさに息をつきながら、ケンちゃんが帰ってきた。ドアの前に山と積んだ段ボールにいきなり顔をぶつけて、「うわっ」とひっくり返りそうになっている。

「なんだよもう、こんなとこに段ボール積んで。正面衝突しちゃったじゃんか」

文句を言うケンちゃんに、私は涼しい顔で返す。

「ケンちゃんがそこへ積んだんじゃない。運び出しやすいからって」

ほんとは私が移動したんだけど、ケンちゃんはまんまと引っかかった。

「え？　そうだっけ？　なんだおれ、うっかりしてるなあ。あ、でもぶつかったのがおれでよかった。なっちゃんじゃなくて」

そんなことをぶつぶつ言いながら、うきうきとアパートの部屋へ入ってくる。いっぱいに膨らんだ大型エコバッグをふたつ、両腕に提げて。

明日、私はこのアパートを出る。その引っ越しの準備のために、ケンちゃんが手伝いにきてくれていた。夕方から、お世話になった友人たちを呼んで、T川の川原でバーベキューをする。ケンちゃんは、バーベキューのための食材を買い出しにいって帰ってきたところだ。

「あー、なんかもうけっこう片づいたなあ」

空っぽになりつつある六畳一間の真ん中で腰に手を当てて立つと、ぐるりと四方を見回してケンちゃんが言った。その様子を見て、私はぷっと軽く噴き出してしまった。

「なんだよ。何がそんなに面白いわけ？」とケンちゃん。

「だってぇ」と私。「そのカッコ、なんだかお父さんにそっくりなんだもん」

「えー、社長にぃ？　おれ、あんなに腹出てねぇぞ」

「お腹《なか》は出てないけど、腰に手を当ててぐるっと見回す感じ。よく似てるよ」

「そうかぁ？　そういえば社長、ときどきやってたよな。作業場に立って、こう」

ケンちゃんはもう一度、少し背中を反り気味にして、ぐるりとあたりを見回した。私は本格的に笑い出した。まるで父がそこにいるみたいだった。

父から独立するつもりで、生まれ育った町を出て、「境界線」の川向こうの駅まで引っ越して、このアパートに住んで、三年が経《た》っていた。

三年。長いようで、あっという間だった。三年のあいだに色々な変化が訪れた。

引っ越して最初の頃は、「私、N町に住んでるんだ」と同僚に自慢したり、合コンのときの切り札的に口にしたりしていた。誰もが憧れる高級住宅街。その町に住んでいるんだから自分もセレブの仲間入りをしたようなもんだ、といい気になっていた。実際に住んでいたのは築二十五年・１Kのおんぼろアパートだったにもかかわらず。けれど、N町に住んでいるからって、合コンで急にモテたりするような奇跡はもちろん起こらなかった。そのうちにN町に住んでいることなど自慢に思わなくなった。同時に、合コンに出かける回数もめっきり減った。

休みの日にはT川の川原を散歩して、川のこっち側からあっち側をいつまでも眺めたりした。あっち側からこっち側を眺めていたときは、ただの川原なのに妙にまぶしく見えたものだ。どんなにがんばっても向こう岸には行けないんだよなあ、と悲嘆したりもした。けれど、こっち側からあっち側を眺めると、その空はなつかしい色に染まって見えた。おんなじ空なのに、なぜだろう、あっちの空のほうがおだやかで、やさしい色に包まれているような気がした。あっちには、私が生まれた家がある。私が育った町工場がある。そこで一生けんめい働くお父さんがいる。数年まえに亡くなったお母さんのお墓がある。工場の従業員でアニキ分のケンちゃんがいる。そう思っただけで、涙がこみ上げて困ってしまった。あんなにも、出たい出たい、と騒いで出てきたくせに。

引っ越して半年後、恋をした。同じ会社の先輩に。仕事がよくできて、後輩にやさしくて、笑った顔が俳優の誰かに似ていた。都心のベイエリアのマンションに住んで、きれいな奥さんと一歳になる娘をとても大切にしていた。好きになったところでどうにもならない、とわかっていた。でも、思いを胸に秘めたままじゃ自分もこのさきどうにもならない、ともわかっていた。一回でいい、ホテルに一緒に行ってください。断られたら退職願を出すつもりで、自分から誘った。そして、あっさり断られた。そういう人だから好きになったんだよなあ、と気がついた。

自分でも驚いたことに、退職願は出さなかった。もっといいオトコをみつけて見返してやるッ、とわめいて、大酒を飲んで、泣きに泣いて、すっきりした。

そんな私を可能な限りのやさしさと寛容さで慰め、支えてくれたのは、なんとケンちゃんだった。

ケンちゃんはひとりっ子の私にとってはアニキだから、家を出たあともメールや電話であれこれ相談したり、愚痴を聞いてもらったり、ときどきこっち側へ誘い出して飲みにいっては父の様子を聞かせてもらったりした。母が亡くなってからというもの、ケンちゃんは実質的に父の奥さん的存在だった。仕事以外にも家事をあれこれ手伝ってくれていたが、何しろ母の味そっくりに煮物を作れる（おかみさんの煮物、とケンちゃん自ら命名）。これは父にとっても私にとってもポイントが高かった。別にイケメンでもなし、身長も私よりちょこっと高いくらいだし、五人の従業員の中でいちばん若い三十五歳（いまは三十八歳）だし、もちろん収入だってスズメの涙だ。会社の同僚のお嬢様たちから見れば、「ぜーんぜん興味なし」って部類に入るオトコだと思う。だけど、「おふくろの味」を再現できるオトコは、どんな高収入高身長イケメンよりも、実は女心をくすぐるものだ、と知った。つまりそれは、なつかしく、あたたかく、優しく、包容力がある、ということなのだから。

三年間でもっとも劇的な事件のひとつ。それは、ケンちゃんと私が結婚することになったことだろう。

父は、表現できないくらいに驚いたはずだ。ケンちゃんが、たいそうあらたまって自宅の座敷で両手を突いて「なっちゃんをおれにくださいっ！」と申し入れたときは、がんこ親父よろしく、めちゃくちゃ渋い顔をして見せた。それから、禅僧よろしく、しばらくのあいだじっと動かずに、目をつぶっていた。そしてようやく応《こた》えたのだった。

なあ健一《けんいち》。結婚してからも、ときどきはおれのためにあの煮物作ってくれるよな？

「やだ、何これ？　こんにゃくとレンコン、ゴボウもあるけど……こんなのでバーベキューできるの？」

エコバッグの中身を探ってパックを取り出しながら訊《き》くと、ケンちゃんは楽しそうに答えた。

「ああそれね。ここの台所で『おかみさんの煮物』作って持ってこうと思って。お盆だし、社長もおかみさんも、一緒にあっちから食べにくるかもしれないだろ？」

のんきな調子でそんなことを言う。私はまた、ぷっと噴き出してしまった。

三年のあいだの、いちばん大きな出来事。

それは、父が、母のいる天国へと旅立ってしまったことだった。

ケンちゃんと付き合い始めたのは、去年の春。こっち側のアパートに暮らし始めて二年が経過していた。以前、あっち側の実家で毎日顔を合わせていた頃にはなんとも思わなかったくせに、お互いが特別な存在になってからは、あっちとこっちを分け隔てている川がいっそうもどかしく感じられた。

とはいえ、啖呵《たんか》を切って出てきたのだ。そうあっさりと帰るのも、父に対して独立宣言した手前、あまりにもカッコ悪い。ときどき会って濃い時間を過ごすのもいいもんじゃないのかな、などと余裕を見せたいところなのだけれど、そこは恋する不思議で、会えない日が続くのがさびしくてならない。それでも「平気だよ。ケンちゃんのこと思い出してがんばるし」などと強がりを通していた。週末にはもっぱらケンちゃんが私のアパートに来ていたのだが、私も平日の夕食前後にちょくちょく実家に顔を出すようになったので、父の不審は深まるばかりだった。

「なんだお前は。最近やたら飯を食いに帰ってくるな」といぶかしそうに言う。

「お父さん元気かな、って思って。もう年だから心配してんの」とごまかす。

「嘘《うそ》つけ。健一の手料理が食いたくなったんだろう」

図星なことを言われてしまった。ケンちゃんとのお付き合いについては、「社長、ショック受けるだろうから」と、ケンちゃん自身に口止めされていた。でも、私にはわかっていた。もしも私とケンちゃんが付き合っていると父が知ったら、きっと喜んでくれるはずだ。そりゃあ、ちょっとショックかもしれないけど。

そんなふたりの関係を知ってか知らずか、父はめっきりやせてしまって、疲れた顔をするようになった。（お父さん、どっか悪いんじゃないかな）、（やっぱり家に戻るべきかな）などと考えつつ、なかなか行動に起こせずにいた。

そのまま、父に告げることなく、あっちとこっちの「短距離恋愛」は一年近く続いた。そして、思わぬかたちで、私はケンちゃんとの関係を父に打ち明けることになった。

今年、松の内が明けてすぐケンちゃんから連絡が入った。「社長が緊急入院した、すぐに来てほしい」と。入院の理由を知って、私は声も出せなかった。

父は末期がんを患っていた。私が家を出てすぐ、余命一年とわかったという。父は誰にも打ち明けず、手術をせずに通院だけでがんばった。せっかく独立した娘をすぐに呼び戻すことだけはしたくなかったらしい。がんと一緒に生き延びてやる、との気概だった。一年どころか二年以上生き延びた。けれどもう、限界だった。何度手術を勧められても父は断り通した。そんな話を、ケンちゃんとともに担当医から聞かされた。

「そんなの、むちゃくちゃですよ！　なんで手術してくれなかったんですか⁉　どうして⁉」

事情を聴いて、私は狂ったように泣きながら怒りを医師にぶつけた。そんな私をぎゅうっと抱きしめて、ケンちゃんは言った。

「なっちゃん、約束してくれ。社長の前で、怒ったり泣いたりするのはやめるって。しんどいかもしれないけど、最後まで明るい笑顔のなっちゃんでいてくれるって」

言いながら、ケンちゃんのほうこそ、男泣きに泣いていた。

薬の投与でいっとき元気を取り戻した父は、どうしても自宅へ帰りたいと言い張り、医師の許可が下りた。これが最後の自宅での時間になるだろう。私もケンちゃんも覚悟をしていた。

その大切な時間をねらって、ケンちゃんは父に私との結婚を申し入れた。言葉にできないほど、父は驚いただろう。実は、私も心臓がひっくり返りそうなほど驚いた。だって、まだプロポーズも受けていなかったのだから。私に言うよりさきに、ケンちゃんは父に告げたのだ。なっちゃんをおれにくださいっ！　必ず幸せにします。おれたち必ず幸せになります、と。

「なあ健一。結婚してからも、ときどきはおれのためにあの煮物作ってくれるよな？」

父の言葉を聞いて、まっすぐに父の顔を見つめていたケンちゃんの目に、みるみる涙があふれた。はいっ、とケンちゃんは返事をした。

「おれ、心をこめて作ります。毎日でも」

「ばか。毎日煮物作るヤツがあるか。たまにはとんかつとか、すき焼きとかもだ」

はいっ、ともう一度、ケンちゃんは答えた。そのはずみで、大粒の涙がぽたぽたとこぼれた。「ばか」と父もまた、涙をいっぱいに浮かべて笑った。

「未来のカミさんの前で泣くヤツがあるか」

ケンちゃんは目と鼻を両腕でごしごしこすって、「はい……」となさけない声を出した。

その様子がおかしかった。せつなかった。いとおしかった。ケンちゃんと同じくらい、私もまた、涙をいっぱい流した。

泣きじゃくる私の耳に、いままで聞いた中でいちばんやさしい父の声が響いた。

なあ菜摘《なつみ》――お前に言いたいことがあるんだ。

健一と一緒になったら、ここへ帰ってこい。

そうして、父は、母のもとへと旅立っていった。川辺の桜がいっぱいに咲く、泣けるほど美しい季節に。

「わあ、だいぶ火が強くなってきたよ。そろそろ肉、焼けるかも」

川面を渡る夕風が涼やかに吹きつけてくる。バーベキューコンロをうちわで盛んにあおいでいるのは、N駅近くの不動産屋に勤めている八木橋《やぎはし》さんだ。おんぼろアパートを紹介してもらって以来のご縁で、ときどき一緒にバーベキューしたりしている。なんでも、近々勤務先の支店長と二度目の結婚をするらしい。そういうこともあってか、弾けるような笑顔がちょっとまぶしいような。

「こっちもスペシャルカクテルの準備、整いましたよ。名づけて『リバーサイドトースト』」

プラスチックのカップを並べて、きらきらと淡いブルーのカクテルを注いでいるのは、渋谷のおしゃれバーのバーテンダーでソムリエールの鈴木さん。八木橋さんの紹介で、ちょくちょく行くようになった。好きだった人にフラれたときも、鈴木さんのバーでしたたかに飲んで泣いて、ケンちゃんと鈴木さんの両方に慰められたのもいい思い出だ。今日は特別にシェーカーやとっておきのワインを持ってきてくれた。

「やれやれ、遅くなりました。まだ始まってない？」

土手を駆け下りてきたのか、肩で息をつきながらやってきたのは竹中先生。鈴木さんの故郷の高校時代の恩師で、いまは都内の私立高校で国語教師をしている。鈴木さんのバーで知り合ってから意気投合、三十代で独身だけど、学校よりも生徒第一、いつもやさしくカッコよく、働く女の鑑《かがみ》のような人だ。大きなひまわりの花束を、「はい、これ引っ越しと婚約のお祝い」と私の腕に抱かせてくれた。

「で、お式はいつなの?」

「それが、けっこう人気のホテルで挙げようと思ってて……大安の日狙いで、いまキャンセル待ちなんです。早く決まるといいんだけど」

「うぃーっす、お待たせしましたあ!」

元気いっぱいの声がして、ケンちゃんがエプロン姿で両手に鍋《なべ》を持って登場した。その場にいた全員、「やだあー」と笑い出した。

「なーに塚原さん、新妻みたい」と、さも面白いものを見たように八木橋さんが笑う。

「いやあ、おれの十八番《おはこ》、『おかみさんの煮物』を皆さんに食べてもらおうと思って」

ケンちゃんがうれしそうに言うので、またいっせいに笑い声が起こる。「智香《ちか》ちゃんのカクテルに合わないいんじゃない?」と、竹中先生がわざと意地悪な声を出す。

「ううん、そんなことない。このカクテル甘口に作ったから、和風のお料理にもきっと合いますよ」

鈴木さんが言うと、「ナイスフォロー、智香ちゃん」と八木橋さんが楽しそうにつなぐ。

「さて。じゃあ、肉も焼けたし、『おかみさんの煮物』も来たことだし。『リバーサイドトースト』で乾杯といきますか」

「よしきた」と、ケンちゃんが鍋をテーブルの上に置いて、すかさずカップを手に取った。それに合わせて、全員がカップを手にする。

「じゃあ、かんぱ……」言いかけて、ケンちゃんは「あ、そうだ」と、あわててカップをテーブルに戻した。

「さっき、『ホテルベイロイヤル』の香山《かやま》さんから電話があってさ。取れたって。『鐘を鳴らす日』」

「え、ほんと?」私は思わず飛び跳ねそうになった。

「何? 『鐘を鳴らす日』って」八木橋さんが訊くと、

「ほら、あの『チャペルの鐘を鳴らしたカップルは幸せになる』って伝説のあるホテルですよ」鈴木さんが代わりに答えてくれた。

「じゃあ、決まったんだ。お式の日」竹中先生が目を輝かせて言う。ケンちゃんと私は、同時にこくんとうなずいた。

「やったね。おめでとう」

「じゃ、今度こそ乾杯しよっか。えーと、何に？」

「決まってるでしょ。ケンちゃんとなっちゃんに」

「それから？」

「もちろん、私たちに。それと……」

「すべての独立した女性たちに」

「うん、それいいね。よし、じゃあ乾杯！」

「乾杯！」

こつんこつん、と乾いた音を立てて、プラスチックのカップがぶつかり合った。淡いブルーのカクテルは、少しドライで、ほんのり甘く、最後にやさしい味がした。まるで人生みたい。そんなふうに言ってみたかったけど、てれくさいからやめておいた。

カクテルを飲み干したみんなの顔が、等しく輝いている。

実家から独立して今日までのあいだ、知り合ってつながり合った人々。その人たちや、その人たちからまたつながっている誰か。私たちはこうして、ひとりひとりつながっているんだ。ゆるやかなつながりの中で、はればれと凛々《りり》しく独立していくんだ。それぞれの人生に、潔く向かい合うために。

私はもう、ひとりじゃない。でも、だからこそ、いまこそ独立しよう。ときおり寄り道したり、つまずいたりしながらも、まっすぐに歩いていくために。

川面を渡る風が、心地よく頰《ほお》をなでる。友人たちの、大好きな人のまぶしい笑顔をみつめながら、心の中で、そっと誓った。

今日が私の、独立記念日。

解説

瀧井朝世《たきいあさよ》

人生はままならないものだから、落ち込むことはたくさんある。でも、ほんのちょっとの気づきが、ほんの一歩を踏み出す勇気が、見える景色をがらりと変えてくれることがある。この短篇集は、そんな幸福な瞬間のアソートボックス。

本書は月刊文庫『文蔵』で二〇〇七年十月号から二〇〇九年九月号まで連載され、二〇一〇年に単行本にまとめられた『インディペンデンス・デイ』の文庫化作品。迷いや悩みを抱えた幅広い年代の女性たちの、人生のひとときを鮮やかに切り取った二十四の短篇が収録されている。彼女たちが抱える問題は、恋愛や結婚や進路、キャリアといった多くの人が共感できる悩みから、いじめや大切な人の喪失、自身の病気といった深刻な問題までさまざま。ただ、どれも「そんな思いをしたことがあったな」あるいは「こういう体験をしたら自分ならどうするだろう」と、自身に引き寄せて考えられるものばかりだ。親しみのもてる登場人物たちが、閉塞《へいそく》した日常生活に風穴《かざあな》を開けたり、辛《つら》い過去と訣別《けつべつ》したりして、人生のリスタートをきっていく。タイトルからも分かるように、本書には登場人物たちそれぞれの「独立記念日」が描かれているのだ。

では、〝独立〟とは、いったいどういうことだろう。

誰かが独立した、と聞いてイメージするのは会社を辞めて起業したり、親元を離れて経済的に自立したりすることだろう。でも、本書での意味合いはちょっと違う。このなかの、その名も「独立記念日」という話に、短篇タイトルと同名の小説についての説明があるが、それがこの作品全体についてもよく表していると思う。

「ひと言で言うと、会社とか家族とか恋愛とか、現代社会のさまざまな呪縛《じゅばく》から逃れて自由になる人々が主人公の短編集です」

「この本によれば、『自由になる』っていうことは、結局『いかに独立するか』ってことなんです。ややこしい、いろんな悩みや苦しみから」

そう、本書の主人公たちは、自分たちを窮屈《きゅうくつ》にしている悩みから、精神的に自由になっていくのだ。いつのまにか心の中で負担になっていた何か、自分の心を支配していた何かから解き放たれていくのである。時には、傍《はた》から見たら決して幸せな変化とは思えない場合もある。でも、それすらも、前向きにとらえることは可能なのだ。「空っぽの時間」という一篇では、失業してしまった男性が、主人公の言葉で気力を取り戻す場面がある。彼女はこう言ったのだ。

「楽しみじゃない？　一から始められるなんて。すごいじゃない？　誰にも頼らないなんて」

なんてたくましく、なんて頼もしいのだろう。もちろん、この一言で状況が好転するわけではない。しかしこの言葉から得た活力は、きっと彼の今後の人生を大きく変えていくに違いない。

たくさんの〝独立〟のケースが収録されていることで、私たちは仕事や恋愛、結婚や育児、老いなど人生のさまざまなステージとそれにともなう悩みや迷いを追体験していくことができる。共感できる誰かを見つけることもできれば、こういうことで悩む人もいるのか、と気づかされることもある。

また、どれも個別のエピソードではあるものの、ある話で脇役として登場した女性が次の話の主人公になっていく作りで、短篇同士がゆるやかにつながっているのも特徴的だ。東京近郊の話も多いが、静岡や北海道が舞台の短篇もあり、同時代に、いろんな場所で、前向きになろうとしている女性がいると感じさせてくれる。

さらにいうと、〝独立〟を果たすのは主人公とは限らない。「いろはに、こんぺいとう」では主人公ではなく七十五歳の母親が、彼女なりの形で〝独立〟しようとしている。「メッセンジャー」では、花の宅配業者が、花束の届け先の女性の決断を知ることになる。「甘い生活」では、失恋して妬《ねた》みと嫉《そね》みにがんじがらめになった女友達が、さっぱりと立ち直るまでを視点人物が見守っている。

つまりは苦しんでいるのも、頑張っているのも、自分だけではないと本書は一冊全体で教えてくれているのだ。こちらから見たら充実した毎日を送っていそうな隣人だって、何らかの問題を抱えているかもしれないし、それを乗り越えようとしているかもしれないのだ。辛い時というのは孤独を感じたり、不幸なのは自分だけだと思い込んでしまうこともある。でも実はみんな一緒。みんな頑張ってる。そうした見えない共感で、自分と周囲の人をつないでくれる一冊なのだ。

原田マハさんの小説には、悩みながらも前進していく女性が多く登場する。本書のように女性たちの人生の転機を鮮やかに描き出せるのは、彼女自身が何度もそうした経験をしてきたからだろう。キュレーターとして活躍した後、二〇〇六年に『カフーを待ちわびて』で第一回日本ラブストーリー大賞を受賞して作家デビューを果たした著者だが、作家になるまでの遍歴を説明すると、それだけで紙幅が尽きてしまう。決して順風満帆《じゅんぷうまんぱん》というわけではないのだ。

その行動力には驚かされる。例えば広告プロダクションを退職し、仕事を探していた頃、たまたまオープン準備中の美術館を見つけて飛び込みで「雇ってください」と自分を売り込み、そのまま採用されたという。その後、アートマネジメント学校のディレクターとしてほぼボランティア状態で働いていた頃、見学に来た大手企業の新規事業室に自分を売り込み（インタビューでおうかがいしたところ、そこから慌《あわ》ててプレゼン内容を考えたとか）、プレゼンが成功して中途採用が決定。働きながらも「キュレーターの勉強をしたい」と感じ、早稲田大学第二文学部の学士入学の試験を受け見事合格、会社勤めをしながら通学。ほかにも仰天のエピソードがもりだくさん（経歴を詳しく知りたい方は、著者自身による公式サイト http://haradamaha.com/ の「プロフィール」のページをどうぞ）。

しかも二〇一二年に山本周五郎賞を受賞した『楽園のカンヴァス』はアンリ・ルソーの絵の謎《なぞ》を巡る物語であるが、これは作家デビューを果たす前からずっと温めてきたテーマなのだとか。つまりは瞬発力も持久力も持ち合わせている方なのである。その〝人生開拓能力〟には恐れ入るばかり。

この作品で描かれる女性たちの行動や決断のリアリティと説得力は、作家としての力量はもちろん、ご本人がこうした瞬間を幾多も味わってきたから生まれている。つまり、ここで描かれていることは絵空事ではないのだ。もしも今そばに日常生活に鬱屈《うっくつ》した思いを抱えている人がいたならば、こんな瞬間はあなたのところにもきっとやってくるよ、と伝えながら、本書を渡したい。

人生は長い。立ち止まることはたくさんある。それでも、小さな〝独立〟を繰りかえしていくことで、目に映る世界は少しずつ輝きを増していく。なによりも〝独立〟を果たした時、きっと今までよりも少しだけ、自分のことが好きになっているはずだ。悩み、それでも頑張っている人たちに、自分を好きになってあげていいんだよ、と言ってくれるような短篇集。すべての女性たちに、いや、もちろん、悩める男性たちにも、プレゼントとなる一冊である。

（ライター）

著者紹介

原田マハ（はらだ　まは）

1962年東京都生まれ。関西学院大学文学部日本文学科、早稲田大学第二文学部美術史科卒業。伊藤忠商事株式会社、森ビル森美術館設立準備室、ニューヨーク近代美術館勤務を経て、2002年フリーのキュレーター、カルチャーライターとなり、2006年より作家となる。

2005年『カフーを待ちわびて』（宝島社）で第1回日本ラブストーリー大賞受賞。2012年『楽園のカンヴァス』（新潮社）で第25回山本周五郎賞受賞。

主な著書に、『一分間だけ』『#9』（以上、宝島社）、『さいはての彼女』（角川書店）、『ごめん』『風のマジム』（以上、講談社）、『キネマの神様』（文藝春秋）、『翼をください』（毎日新聞社）、『星がひとつほしいとの祈り』（実業之日本社）、『本日は、お日柄もよく』『生きるぼくら』（以上、徳間書店）、『まぐだら屋のマリア』（幻冬舎）、『でーれーガールズ』（祥伝社）、『永遠をさがしに』（河出書房新社）、『旅屋おかえり』（集英社）などがある。


本書は、2010年2月にPHP研究所より刊行された『インディペンデンス・デイ』を改題したものです。

ＰＨＰ文芸文庫　独立記念日

2012年11月29日　第１版第１刷
2025年５月21日　第１版第40刷

著　者　原田マハ
発行者　永田貴之
発行所　株式会社ＰＨＰ研究所
東京本部　〒135-8137　江東区豊洲5-6-52
文化事業部　☎03-3520-9620（編集）
普及部　☎03-3520-9630（販売）
京都本部　〒601-8411　京都市南区西九条北ノ内町11
PHP INTERFACE　https://www.php.co.jp/
組　版　朝日メディアインターナショナル株式会社
印刷所　株式会社光邦
製本所　株式会社大進堂

ISBN978-4-569-67913-6